AF472901

HOMMAGE
A LA PATRIE,
POËME

Adressé à M. DUCIS, *Secrétaire Ordinaire de* MONSIEUR, *& l'un des Quarante de l'Académie Françoise, à l'occasion de sa Tragédie d'Œdipe chez Admette, précédé du Discours* D'UN CITOYEN; *suivi d'une Lettre à M. le Marquis* DE LA FAYETTE, *& du Tombeau du Chevalier* D'ASSAS.

PAR M. BAUMIER.

Par les Loix, par les Mœurs, je rends mon sceptre auguste;
Ma joie est d'être aimé, ma gloire est d'être juste.

M. Ducis, Œdipe chez Admette, Tragédie.

A BRUXELLES,

Et se trouve à PARIS,

Chez LEGRAS, Libraire, quai de Conti, à côté du Petit Dunkerque.

M. DCC. LXXXII.

AVIS AU LECTEUR.

IL étoit difficile de prévoir que cet Ouvrage tardât tant à paroître : il devoit être publié, en effet, il y a quelques mois, mais une foule d'obſtacles imprévus m'ont arrêté à chaque pas, &, de retard en retard, j'ai été conduit juſqu'à aujourd'hui.

Je ne ſais cependant ſi je ne dois pas me féliciter de ces délais, puiſqu'ils m'ont donné le temps de célébrer la grande & ſublime action du Chevalier d'Assas. Toutes les âmes ſenſibles & élevées m'en ſauront gré, ſans doute, & elles ſentiront l'aſſimilation touchante qu'il y a entre ces mots Patrie, Citoyen, la Fayette, d'Assas, & l'analogie du nom de M. Ducis ne ſera pas perdue pour ceux qui connoiſſent Œdipe chez Admette, ou qui ſaiſiront l'idée que j'en donne au commencement du Diſcours ſuivant ; idée déjà énoncée par l'épigraphe de ce Poëme : ce ſont deux vers qui, dans la pièce d'où je les ai tirés, terminent le portrait d'Admette, c'eſt-à-dire, celui de LOUIS XVI.

DISCOURS D'UN CITOYEN.

LORSQUE M. DUCIS donna sa Tragédie d'Œdipe chez Admette, tout le monde reconnut les augustes Modèles dont il nous offroit l'image ; les applaudissemens s'élevèrent, & les larmes du patriotisme se mêlèrent à celles de la compassion, que cette pièce est si propre à faire répandre. Car le pathétique & sublime tableau du malheur, pour ainsi dire, personnifié dans Œdipe, arracheroit des larmes aux cœurs les moins sensibles, & ce vertueux Criminel, du haut du mont Cithéron, brise les ames de terreur & de pitié. Quel être farouche & barbare pourroit résister à cette touchante & belle situation ? Quant à moi, loin d'y avoir été insensible, je n'ai pas même pu concevoir comment on a pu blâmer avec autant d'aigreur qu'on l'a fait deux intérêts aussi puissans que ceux du patriotisme & de l'humanité ; & il m'a semblé que c'étoit compromettre son cœur d'une manière bien étrange. Ignorant donc l'art d'étouffer en moi le cri de la Nature, de la Patrie & de la pitié, je me livrai à l'émotion vive & profonde que ces puissans objets sont faits pour produire sur les âmes qui ne sont pas encore dénaturées, & je fis dans la salle même des

Comédiens François, les premiers vers du Poëme ſuivant. Mais, me croyant peu propre à faire une pièce de poéſie de longue haleine, je n'allai pas plus loin, & je laiſſai là mon eſquiſſe. Cependant, l'idée de célébrer les bienfaits qui illuſtrent le règne de LOUIS XVI, vint parler à mon cœur, & m'inſpira le deſſein de faire un ouvrage ſur cette matière. Je l'exécutai & je l'envoyai à M. Ducis. Plein du motif qui m'avoit animé, je voulus le faire imprimer; mais les défauts qu'on me fit obſerver dans cet ouvrage ne me le permirent point. Je cédai alors; mais aujourd'hui que le grand événement qui comble les vœux de la France vient redoubler mes motifs & augmenter leur énergie, je m'élance de moi-même, ſous les auſpices de la Patrie, dans la carrière des Lettres, pour célébrer ce jour mémorable. Du moins aurai-je le mérite d'avoir ſu choiſir, pour entrer dans cette carrière, les auſpices les plus heureux.

Eh quoi! me dira-t-on ſans doute, c'eſt venir bien tard nous entretenir d'un événement qui a déjà éclaté partout, & qui a produit tout l'effet qu'il devoit produire: tout à-propos à cet égard eſt perdu. On voit que je n'affoiblis pas l'objection [1]. Mais je demande d'abord ſi on eſt

---

1 Je conviens que tout ce qui ſuit étoit meilleure à dire au mois de Février qu'à préſent, & qu'un ſi long retard y met quelque différence. Il y a cependant des gens ſans prévention qui ne croi-

bien satisfait de la manière avec laquelle cette illustre Naissance a été célébrée par les Écrivains de la Nation. J'en excepte les Pontifes de la Religion, tels que l'éloquent Montazet [1]. Mais, d'ailleurs, comment la République des Lettres a-t-elle chanté ce jour mémorable? Qu'est-ce que ses Citoyens ont fait? Des Chansons. Et quoi plus? Des Chansons. Peuple Chansonnier! est-ce avec des Chansons que tu élèves ton âme, & que tu célébres les grands événemens? Je ne suis point, cependant, l'ennemi des Chansons, sur-tout lorsqu'elles sont aussi agréables que quelques-unes de MM. de Piis & Barré [2]. Mais, ce n'est pas ainsi que Virgile chantoit la naissance des Princes, & il s'en faloit bien qu'il eût des motifs aussi propres à toucher & à élever son âme que nous en avons.

J'aurois donc desiré qu'une Naissance qui

ront pas que mes raisons soient sans quelque force; mais la Critique n'est pas si juste.

1 M. de Montazet, Archevêque de Lyon, a fait un Mandement plein de feu & d'éloquence, à l'occasion de la naissance de Monseigneur le Dauphin.

2 Quoique pourtant je sois du sentiment de Thalie, lorsqu'elle dit au Vaudeville:

» Apprends-donc qu'en ce siècle-ci,
» Quoique le ton moins gai que leste,
» Pour un moment t'ait réussi,
» On aime encor le ton modeste ».

M. Vigée. Voyez Journal de Paris, n° 5, année 1782.

comble de joie nos Souverains & la Nation entière, eût été célébrée avec plus de noblesse & de dignité. Sans dédaigner les choses agréables, qui ont leur prix sans doute, j'aurois voulu qu'un Homme de Lettres sensible & citoyen, se fût pénétré de la grandeur de ce sujet, & eût élevé à cet événement mémorable un monument qui en eût été digne. La Bienfaisance a consacré les siens, & les Vertus soutiennent les trophées qu'elle a élevés autour du berceau de l'auguste Enfant qui vient de naître. Mais, vous, Orateurs éloquens, Bardes inspirés, vos bouches & vos lyres ont resté muettes: les voûtes du Lycée n'ont retenti que de foibles sons, & les échos du Parnasse n'ont répété que ceux du flageolet. Cependant, vos cœurs ont été attendris, vos larmes ont coulé, & vous n'avez rien fait de grand pour célébrer ce jour mémorable! En vain les chants de la Victoire se sont venus mêler à ceux de l'allégresse publique, & aux Cantiques sacrés de Sion, ils n'ont pu vous tirer de votre léthargie. Étoit-ce à moi, qui me suis borné jusqu'ici à vous admirer dans le silence, à vous disputer la gloire d'une entreprise que la Patrie avoit droit d'attendre d'une main plus digne de l'exécuter que la mienne? Étoit-ce à moi, Citoyen obscur, à percer tout-à-coup l'obscurité profonde dans laquelle j'ai vêcu, pour vous donner un exemple que j'espérois recevoir de vous? Mais puisque cette tâche m'est laissée, malgré la foiblesse de mes forces, ne dédaignons pas de la remplir: l'entreprise seule en est glorieuse, & le succès ne le fût-il pas pour mes talens, l'essai du moins honorera mon cœur.

Je ne m'arrêterai donc point à la difficulté d'un *à-propos*, qui ne me paroît pas même retardé, quoiqu'on en puisse dire, loin d'être perdu. Eh! quand même il y auroit quelque retard, qui ne verra pas qu'il étoit indispensable pour essayer de traiter ce grand & beau sujet avec la dignité qu'il mérite? Il faloit pour cela du tems, des soins, du travail & des veilles; ce ne pouvoit pas être l'affaire d'un jour. J'ai donc cru pouvoir imiter l'exemple de la Capitale, qui, après s'être livrée à son premier mouvement de zèle & de patriotisme, a cru devoir remettre à une époque plus éloignée la pompe & la magnificence des fêtes qu'elle a données pour célébrer ce grand événement, afin de les rendre plus dignes de lui. D'ailleurs, ce Poëme étoit fini avant la célébration de ces solemnités, & mon dessein étoit de le faire paroître avant elles, comme pour en annoncer la splendeur & la gloire; mais il ne m'a pas été possible d'exécuter ce projet. A ces considérations j'en puis joindre d'autres, qui ne feront pas j'efpère d'un foible poids ; c'eft que MM. les Ambaffadeurs des Puiffances alliées n'ont pas encore donné les fêtes magnifiques qu'ils préparent pour célébrer la Naiffance augufte qui a comblé nos vœux & les leurs. L'idée d'un *à-propos* retardé ne ralentit point leur zèle : ai-je donc tort de les imiter ? quoique j'efpère que mon ouvrage paroîtra bien long-tems avant la célébration de leurs fêtes [1], qui n'en auront pas moins de mérite & d'intérêt pour être préparées avec plus de foin. Eh ! comment, d'ailleurs, peut-on faire confidérer comme éloignée une époque qui fera fi long-tems préfente aux yeux & au cœur de tout bon François ? Il me femble que c'eft compromettre tout à la fois fon difcernement & fon patriotifme ; il me femble que c'eft confondre une époque mémorable avec ces événemens ordinaires qui font une certaine fenfation le jour même qu'ils arrivent, & qu'on oublie le lendemain. C'eft prefque ofer dire hautement : un événement qui a comblé d'une joie fi douce & fi pure mes Souverains & ma Patrie, qui a excité tant de tranfports d'allégreffe, & que l'Europe entière a célébré de concert ; un événement qui a fait répandre tant

1 Je le croyois alors ; mais j'ai été trompé dans mon attente, comme on l'a vu. Cependant quand leur hommage & le mien etoient fimultanés, quel mal y auroit-il ?

de bienfaits sur l'humanité souffrante, & qui a fait chercher les malheureux jusques dans les ténèbres des prisons pour les rendre à la liberté, un tel événement n'a excité dans mon âme qu'un foible intérêt, & l'impression qu'il y a laissée n'est déjà plus : mon cœur est tellement fatigué de cet événement vulgaire, qu'il en rejette au loin l'image dégoûtante. Ainsi parle tout détracteur de ceux qui se sont assez vivement pénétrés de ce qu'un tel événement a d'heureux, d'attendrissant & d'auguste, pour essayer de le célébrer avec l'intérêt & la grandeur dont il porte l'empreinte. Ce lâche & vil langage ne peut être que celui de ces âmes sans énergie & sans élévation, qui n'ont jamais senti brûler en elles le feu pur & sacré de l'amour de la Patrie[1]. Que l'Hommage que je lui rends en ce jour leur déplaise donc tant qu'elles voudront; je célèbre mon Roi, son bonheur & sa gloire, tout bon François m'applaudira, que m'importe le reste?

J'ai déjà dit que mon dessein étoit de faire paroître ce Poëme avant la célébration des fêtes que la Capitale a données; mais plus j'y réfléchis & plus je vois que mes retards sont heureux. En effet, le spectacle de la magnificence de ces fêtes patriotiques élève l'âme, & inspire un nouveau degré d'énergie à celui qui

1 Tel sera le langage des Critiques.

travaille à célébrer l'auguste Naissance qui y a donné lieu. Au milieu de la pompe de ces solemnités, il contemple avec attendrissement les événemens intéressans qu'elles occasionnent & qui en font autant les fêtes de la Vertu & de l'Humanité que celles de la Patrie. Il voit un Souverain sensible & bienfaisant se laisser toucher au zèle des Magistrats municipaux de sa Capitale, & les en récompenser par des marques distinctives, en leur envoyant l'Ordre de Saint Michel, qui devient en eux la juste récompense de leur patriotisme. Il contemple ce jeune Monarque & son auguste Compagne signaler leur entrée dans la Capitale de leur royaume, en cette occasion mémorable, par des bienfaits qui ne le sont pas moins. Louis, en digne Père de son Peuple, laisse tomber un œil compâtissant sur la classe la plus pauvre des Habitans de sa bonne Ville, & il leur remet la Capitation de l'année courante, bienfait signalé que Marie Antoinette avoit déjà annoncé par un autre si digne d'en être le présage, & qui consistoit en une somme de *cent mille livres* répandue sur ces mêmes pauvres. C'est en contemplant ces actions consolantes & glorieuses que, bien loin de craindre de venir trop tard célébrer l'événement qui y a donné lieu, il est permis de regretter au contraire que l'ouvrage qu'on a fait pour cela soit fini, & qu'il ne soit plus possible d'y célébrer de pareils bienfaits; mais alors, loin de trop se hâter, on se dit à soi-même : je retarderai encore l'impression de ce Poëme, & je mettrai à la tête un Discours préliminaire où je ferai mention de ces actes bienfaisants & paternels. Je n'y parlerai pas avec moins d'intérêt sans doute de ce jour mémorable où notre auguste Souveraine est venue dans la Capitale pour y recueillir le tribut d'hommages qui l'attendoit. Eh ! quel jour que celui où cette Reine adorée a paru au milieu de tout un peuple qui a fait éclater autour d'elle les transports de sa reconnoissance pour le don précieux qu'elle lui a fait ! Quel jour que celui où cette nouvelle Alceste [1], du haut de son char de triomphe, contemploit d'un œil serein le spectacle d'un Peuple ivre de joie, & qui faisoit éclater dans les airs les accens de son ivresse & de son amour ! Quel jour que celui où Paris sembloit offrir l'image de cet Olympe dont je parle dans mon Poëme, où l'Auguste Pallas que j'y peints, élevée sur un trône triomphal au milieu d'une place publique, recueilloit les hommages universels, & où Jupiter [2] sembloit envelopper sa gloire d'un nuage pour laisser mieux briller celle de son illustre Épouse ! Qui osera

1 Voyez Œdipe chez Admette, Trag. de M. Ducis, ou le Poëme suivant.

2 Voyez le Poëme suivant.

me dire après cela que c'est s'y prendre trop tard pour célébrer ce grand jour, que de saisir l'instant où il vient de resplendir dans tout son éclat [1] ? J'ose croire qu'il étoit impossible de mieux saisir *l'à-propos* pour chanter ce grand évènement, que de le faire à une époque qui me permet encore de mieux embrasser d'un

---

1 Ceci paroîtroit louche si je ne faisois pas mention d'une autre cause involontaire qui a encore retardé l'impression de cet ouvrage. Ayant été plusieurs fois chez M. Ducis pour lui communiquer ce Poëme, & lui demander son agrément pour sa publication, je ne le trouvai point. Je lui écrivis à Versailles & à Auteuil, où l'on me dit qu'il pouvoit être : point de réponse. Ce silence m'étonna de la part d'un Académicien dont la politesse m'est connue. Mais, convaincu que tout s'explique, & qu'on ne doit point condamner un Galant-Homme sans l'entendre, je pris patience. Enfin, je reçus, en date du 16 Mars, cette réponse tant desirée, & dont je crois devoir rapporter ici un extrait pour la justification de l'époque tardive à laquelle ce Poëme paroît.

Extrait d'une Lettre de M. Ducis à M. Baumier.

A Versailles, le 16 Mars 1782.

MONSIEUR,

» J'arrive de Province, où j'ai demeuré quelque-tems. Je n'ai
» point fait de séjour à Paris ni à Auteuil depuis le départ de
» M. Thomas. Je me suis renfermé à Marli où est ma résidence
» actuelle. Ainsi vous m'excuserez sans doute de n'avoir point
» reçu vos visites. Ce n'est qu'en ce moment que j'ouvre votre
» dernière lettre du 10 Février. Je crains bien que le mérite de
» l'*à-propos* ne soit perdu; mais je n'ai pu vous répondre plutôt
» à cause de mon voyage & de mes absences fréquentes, &c. »

Voyez en outre l'avis qui est à la tête de cet Ouvrage.

coup d'œil tous les ſpectacles intéreſſans auxquels il a donné lieu. L'Humanité conſolée lève un front ſerein, & bénit le grand jour où un Enfant royal n'a ſemblé naître que pour faire deſcendre la Bienfaiſance ſur la terre. Ces deux Divinités, environnées de leurs dignes Miniſtres, ſemblent entourer le berceau de cet Enfant auguſte. Parmi les reſpectables diſpenſateurs de leurs grâces, il en eſt deux ſurtout qui s'élèvent au-deſſus des autres comme deux Cèdres ſuperbes qui portent leur front glorieux au-deſſus d'une forêt majeſtueuſe. L'un eſt le Père même de cet Enfant illuſtre, & l'autre eſt celle dans les flancs de laquelle il a puiſé le ſang & la vie. Ce n'eſt pas à des ſujets qu'il appartient d'égaler en munificence leurs Souverains; mais ſi parmi ceux qui ont ſanctifié cet évènement mémorable par de bonnes œuvres, il étoit permis d'en diſtinguer quelques uns, il en eſt deux qu'on pourroit remarquer d'une manière particulière. L'un de ces Conſolateurs de l'Humanité ne ſe nomme point; mais la Bienfaiſance, entourée de deux cent Captifs qu'il a délivrés, écrit ſon nom ſur le berceau de l'auguſte Enfant dont ils ont célèbré ſi dignement la naiſſance, & on lit: N***. L'autre..... ce n'eſt pas à moi à le nommer, c'eſt à celui qui raconte ſes actions. La lettre où il les peint eſt publique, je puis donc la rapporter ici.

Lettre à MM. les Auteurs du Journal de Paris.

A Soissons, le 30 Nov. 1781.

Messieurs,

» Je viens d'être témoin d'une fête trop inté» ressante pour l'humanité, pour ne pas vous en » faire part. M. le Peletier, Intendant de Soissons, » voulant donner une fête pour la naissance de » Monseigneur le Dauphin, y a fait inviter, » pour le Dimanche 25, les *principaux Labou-» reurs* de sa Généralité. Après le *Te Deum*, » auquel ils ont assisté au milieu de toute la » Noblesse, invitée comme eux à s'y rendre, ils » ont été placés avec les Dames les plus distin» guées de la ville & des environs, à une table » où étoit M. l'Évêque, M. le Peletier, & une » partie de la Noblesse. Ces Laboureurs, péné» trés des sentimens de patriotisme & de recon» noissance, ont conçu unanimement un vœu » dont l'exemple ne se trouve peut-être dans » les annales d'aucun Peuple.

» Ils ont demandé à M. le Peletier de se char» ger chacun d'un Orphelin, à qui ils donne» roient le surnom d'Antoine, ajoutant que » pour ceux d'entr'eux qui avoient deux enfans, » il seroit le troisième; & il est bon de vous

» obſerver que pluſieurs en ont douze, treize & » quatorze. On conçoit aiſément qu'un Magiſ- » trat capable de faire naître un pareil vœu, ſe » ſoit empreſſé de concourir à ſon accompliſſe- » ment. C'eſt, peut-être, la première fois que » l'Agriculture a reçu parmi nous un honneur » de ce genre, & vous voyez, Meſſieurs, qu'elle » n'eſt pas ingrate.

» M. l'Intendant voulant que la fête fût en- » tièrement populaire, avoit fait conſtruire » dans ſa cour une ſalle très-vaſte pour contenir » le peuple, & des buffets garnis de pain & de » viandes auſſi délicates que celles des tables de » l'Intendance, qui ont été diſtribuées avec du » vin en abondance à plus de trois mille per- » ſonnes qui s'y ſont trouvées, & qui ont paſſé » la nuit à danſer & dans la plus grande joie.

» C'eſt ce même Magiſtrat qui, l'an paſſé, a » été chercher, dans une chaumière, deux filles » de qualité réduites à la miſère, & qui a obtenu » pour elles les ſecours de la bonté du Roi. Vos » feuilles ont parlé, dans le tems, de ce trait de » bienfaiſance.

» C'eſt encore lui qui, le premier a reſtauré à » Salency la fête de la Roſière. C'eſt lui qui, » depuis un an, a changé en maiſon de travail, » où l'humanité a retrouvé ſes droits, l'horrible » repaire des dépôts de mendicité; ce dernier

» objet tient aux plus grandes vues d'adminif-» tration [1].

» C'eft lui qui, depuis environ fix ans, a » établi dans la Province des cours publics d'ac-» couchemens qui ont le plus grand fuccès, & » ont déjà procuré des biens infinis.

» C'eft lui enfin qui, par des vues fuivies fur » cette partie d'adminiftration & pour achever » de tourner entièrement au profit du peuple la » fête qu'il vient de donner, vient d'établir une » École gratuite d'inftruction pour les enfans » des pauvres artifans, &c. « *Voyez Journal de Paris du 5 Décembre* 1781.

Le voilà ce fecond Bienfaiteur des hommes. Voyez fous quels traits on le peint! ô le Peletier! pardonne fi je confidère moins ici la crainte d'alarmer ta modeftie, que l'utilité dont peut être ton exemple; mais fi en contribuant à répandre le tableau de tes actions, je puis inf-pirer à un feul homme la noble émulation de t'imiter, je n'aurai cédé, en te louant, qu'au devoir d'être utile.

Quel grand & beau fpectacle n'offre donc pas la manière avec laquelle on a célébré la

1 Oui, fans doute, il tient aux plus grandes vûes d'adminif-tration, & il n'y a que ceux qui font abfolument ineptes dans cette grande fcience, & dont le cœur eft fermé à tout ce qu'il y a d'humain qui puiffent n'en pas convenir.

naiffance

naissance de l'illustre Rejeton qui s'élève au pied du Trône ! Les Prisons se sont ouvertes, des Captifs ont été délivrés, des Malades secourus, des Orphelins vêtus, nourris, adoptés, l'Agriculture honorée, & les amours du Pauvre ont été resserrés par les nœuds de l'Hymen. L'humanité a tressailli ; ses larmes ont été essuyées, & il sembloit qu'un feu céleste embrâsât tous les cœurs : partout le même enthousiasme les enflammoit, & les Bienfaiteurs de l'humanité sembloient s'être embrassés d'un bout du Royaume à l'autre. Du milieu des chants d'allégresse & de triomphe qui s'élevoient vers les cieux, un concert plus sublime s'est fait entendre, c'est celui des belles actions ; & le accens de la joie universelle, mêlés à ceux de la reconnoissance des malheureux, & aux chants augustes de la Religion, ont retenti jusques dans les parvis célestes. Sion a tressailli de joie, & des portes des Cieux ouvertes, toutes les Vertus semblent être descendues sur la terre pour consoler les hommes, & essuyer les larmes des affligés.

Et dans quel tems ce jour mémorable est-il venu éclairer le monde ? Dans celui où Louis, après s'être rendu le Pacificateur de l'Europe & avoir répandu mille bienfaits sur son Peuple, soutient de son bras protecteur & triomphant l'Amérique opprimée, rend à l'empire des mers ſon antique liberté, à ſa marine & à ſes armes leur ſplendeur & leur gloire; dans un tems où il lance ſes foudres vengereſſes ſur la tête orgueilleuſe de la ſuperbe Albion, & où les lauriers de la Victoire, élevés ſur les remparts d'Yorck [1] & de Glocester, s'inclinent à l'aſpect des Défenſeurs de la Juſtice & de la Liberté, & vont couronner leurs fronts triomphans & glorieux. Dans quel tems ce jour mémorable eſt-il venu éclairer le monde? Dans celui où l'Oncle auguſte & le Parrein de l'Enfant royal qui vient de naître, porte des coups terribles & triomphans à l'Hydre de l'intolérance & du fanatiſme, & qu'il force l'intrigue monacale à ne point exporter hors de ſes États un argent dérobé à la réproduction & à la circulation des richeſſes publiques; dans un tems où ce nouveau Marc-Auréle, éclairé du flambeau de la véritable Philoſophie, briſe les fers des eſclaves de ſon Empire, grand & inſigne bienfait que le Titus de la France a déjà accordé à ſes ſujets, avec tant d'autres qui ne ceſſent d'illuſtrer ſon règne. Dans quel tems ce jour mémorable eſt-il venu éclairer le monde? Dans celui où un autre Oncle de l'illuſtre Enfant, objet de notre joie, fait briller

1 Yorck-Town, en Virginie.

ſur le trône de la Toſcane les lumières & les vertus des plus grands Souverains, & porte ſes États au plus haut point de proſpérité & de gloire où la liberté de l'Agriculture, de l'induſtrie & du Commerce doit néceſſairement les élever; dans un tems enfin, où la nature entière ſemble prendre part à ce grand événement, en prodiguant de toutes parts ſes richeſſes aux hommes, pour les dédommager des calamités de la guerre, toujours deſtructives. C'eſt du ſein de ces événemens, c'eſt pendant que le Ciel propice verſe ſes plus douces influences ſur la terre, qu'un nouveau Rejeton du trône s'élève & vient combler les vœux de la Patrie. O terre, enfante des Princes, ſi c'eſt pour nous les donner ſous d'auſſi heureux auſpices! Puiſſe leur image ſalutaire ſe perpétuer d'âge en âge, s'offrir ſans ceſſe aux regards de l'illuſtre Enfant dont nous célébrons la naiſſance, & devenir l'encouragement & le garant de ſes vertus! Puiſſe un jour cette image ſacrée lui ſervir d'égide contre les ſéductions du crime, les manèges de l'intrigue & la baſſeſſe des Flatteurs! Puiſſe-t-il, élevant la voix du haut de ſon trône, dire un jour à ceux qui voudroient le corrompre & l'avilir:

» Hommes lâches & pervers, qui faites jouer tant d'artifices pour m'engager à opprimer mon Peuple, à m'égarer dans les ſentiers ténébreux du vice & dans l'oubli de mes devoirs, rappelez-vous ce jour mémorable où ce même Peuple, en suspends, attendoit l'instant de ma naissance ; rappelez-vous les chants d'allégresse qu'il éleva vers les Cieux lorsqu'il apprit qu'un successeur du trône lui étoit né. Hélas ! je ne pus les entendre, ces accens de l'amour & de la joie ; mais la douce image qu'on m'en a tracée, a pénétré dans mon cœur & ne s'en effacera jamais. Ce bon Peuple ne crut pouvoir mieux célébrer l'instant qui m'avoit donné à lui que par des bienfaits ; une heureuse rivalité de bonnes œuvres sembloit régner dans toute l'étendue du Royaume, & l'ivresse de la bienfaisance sembloit avoir embrâsé tous les cœurs. Je suis né, pour ainsi dire, dans le sein des bienfaits, & l'Humanité sainte sembloit être descendue du Ciel pour venir s'asseoir à côté de mon berceau & l'environner de sa lumière divine. N'y auroit-il donc que moi qui aurois été insensible à sa céleste influence, & ce grand & sublime spectacle ne se seroit-il offert un instant à mon Peuple, que pour disparoître à jamais de ses yeux ? Non, non, ce Peuple sensible ne m'aura pas aimé, pour ainsi dire, dans le sein de ma mère, il n'aura pas béni le ciel, dans l'ivresse de sa joie, du présent qu'il lui avoit fait en moi, pour que je trompe aujourd'hui son attente. Le ſon de l'airain[1] & le bruit du canon n'auront point éclaté dans les airs pour annoncer mon entrée triomphale dans le monde ; les temples de l'Éternel n'auront point retenti des cantiques ſacrés, l'encens de la reconnoiſſance n'aura point fumé ſur les Autels du Très-Haut, & ſes Pontifes ſaints n'auront point élevé leurs mains vers lui pour lui demander pour moi le don de la Juſtice & de la Sageſſe, pour, qu'indigne de ces vœux & de ces hommages ſolemnels, je trompe aujourd'hui l'attente de ce jour mémorable, & ſur-tout pour moi, par les vertus dont il m'impoſe le devoir & auquel je veux reſter fidèle. Non, non, je ne forcerai jamais mon Peuple à me donner, dans l'amertume de ſa douleur & le morne ſilence du déſeſpoir, l'odieux titre de ſon Oppreſſeur. Ses plaintes & ſes gémiſſemens élevés vers les Cieux, ne provoqueront jamais les foudres vengereſſes de la Divinité à fondre ſur ma tête coupable. Je ſerai ſon Gardien, ſon Paſteur, ſon Patriarche & ſon Père. Je me pénétrerai de ce que ces titres ont de touchant & de ſublime, & ils ne ſortiront jamais de ma bouche comme de vains ſons qui frappent l'air, mais comme les vives expreſſions

1 Celui des cloches, qui, avec les décharges de l'artillerie, annoncèrent dans la Capitale l'inſtant de la Naiſſance de Monſeigneur le Dauphin.

d'une âme qui en est profondément pénétrée. Je les justifierai ces titres vénérables & saints par tout ce que la morale, la justice & la vertu ont de plus rigoureusement démontré, & je prouverai à l'Univers entier que le seul & véritable intérêt des Rois, que leur bonheur & leur gloire en ce monde comme au sein de l'immortalité, consiste à mériter ces titres sacrés & divins. Je me pénétrerai donc du malheur de mon Peuple; j'allégerai le poids des fardeaux qui l'accablent & qui retombent nécessairement sur moi.[1] Je l'aimerai dans toute la plénitude de mes entrailles, & il m'aimera; je le bénirai, & sa voix & ses soupirs ne s'éleveront vers les Cieux que pour en obtenir pour moi les bénédictions divines. L'Éternel sera ému du concert de louanges que mon Peuple élevera vers lui, & l'Éternel me bénira. Pour mériter la couronne immortelle qu'il réserve aux Souverains qui règnent selon sa justice, j'en ferai la base & la fin de mon gouvernement; j'en recueillerai la prospérité, les bénédictions & la gloire. Mes yeux

1 » Demandons qu'au centre du luxe & de la mollesse, qui endurcissent presque toujours les Grands, il se souvienne que c'est l'Habitant des Campagnes qui paie de ses sueurs la pompe dont ils sont accompagnés; qu'il soit compatissant pour les misères publiques; qu'il se rapproche des malheureux au moins par sa sensibilité ». *Mandement de M. l'Archevêque de Lyon, à l'occasion de la Naissance de Monseigneur le Dauphin*; p. 5.

ſeront ravis & mon âme élevée du grand & ſublime ſpectacle d'un Peuple heureux, à l'abri du fléau de la miſère & de l'opprobre, conſolé par l'aiſance, & dont l'âme s'élevera par le ſentiment de ſa dignité & de ſa grandeur; d'un Peuple enfin, qui ne formera qu'une ſeule & même famille, liée par les nœuds de la fraternité, & dont je ſerai le Chef & le Père. Nos affections ſeront les mêmes, nos conſolations & nos joies ſeront réciproques, parce que notre intérêt & notre bonheur ſeront identifiés. Animés par le même eſprit, nous n'aurons qu'un ſentiment commun, nous ne ferons qu'un ſeul & même individu, & nos cœurs, ainſi unis par les liens ſacrés de l'amour filial & paternel, & les nœuds indiſſolubles de la vertu, ſe confondront à jamais dans cette ſuprême unité qui fait le bonheur des Juſtes dans le ſéjour immortel de l'amour & de la charité. Heureux le Souverain qui, après ſa mort, peut voir encore tout un Peuple le porter comme en triomphe au pied du trône de l'Éternel, & s'y voir préſenter comme un préſent de bonne odeur! Heureux & mille fois heureux, le Roi ſelon le cœur de Dieu, qui peut encore s'entendre bénir par ſon Peuple dans le ſéjour éternel de la Paix & de la Gloire! Voilà le modèle que je voudrois choiſir, & le bonheur que je voudrois mériter.»

Puiſſe, puiſſe un jour l'auguſte Enfant qui vient de naître, glacer par un ſemblable diſcours les âmes cadavéreuſes des hommes barbares & corrompus ! Puiſſe-t-il éloigner de ſon trône le Démon de la tyrannie, l'Hydre de l'intolérance & du fanatiſme, les lâches & ténébreuſes intrigues, la ſervile adulation, qui ne donne des éloges que pour mieux imprimer ſes conſeils pervers, & perpétuer les calamités publiques ; bien différente du vrai patriotiſme, qui n'élève la voix que pour faire entendre les accens de l'amour, de la reconnoiſſance & de la vérité, pour entonner les louanges des grandes vertus, & pour mieux conſacrer leurs préceptes ſalutaires. Puiſſe l'illuſtre Enfant qui comble nos vœux, ſavoir diſtinguer un jour le Citoyen du Flatteur, & rejeter loin de lui les inſinuations calomnieuſes de ces hommes mal intentionnés, toujours empreſſés à flétrir la vertu ſenſible & courageuſe ! Puiſſe-t-il trouver lui-même les voies de cette vertu ſi bien applanies, qu'il n'ait preſque plus aucun mérite à y marcher, & qu'il en attribue toute la gloire aux auguſtes Auteurs de ſa naiſſance !

HOMMAGE A LA PATRIE, POËME

Adressé à M. Ducis, Secrétaire ordinaire de MONSIEUR, & l'un des Quarante de l'Académie Françoise, à l'occasion de sa Tragédie d'Œdipe chez Admette.

Elle respire encor l'auguste Poësie ;
Sa lyre à ses pinceaux dans tes mains est unie :
Chantre & Peintre à la fois, tes accens enchanteurs
Célébrent la nature & parlent à nos cœurs,
Qui, de la nuit des sens sont étonnés d'entendre
De l'Amour chaste & pur la voix paisible & tendre.
Aux attraits des vertus consacrant tes pinceaux,
Tu mets le sentiment & les mœurs en tableaux ;
D'un Roi, fidèle époux, tu veux être l'Apelle,
Et le cœur des François reconnoît ton modèle.

O combien il eſt doux, pour des fils vertueux,
Lorſqu'un Peintre touchant vient offrir à leurs yeux
D'un Père révéré la reſpectable image,
De pouvoir, en voyant cet auguſte viſage,
Reconnoître des traits qu'ils portent dans leurs cœurs!
Ainſi ton art divin ſait exciter nos pleurs.
A l'aſpect du Héros que tu mets au théâtre,
D'un Roi ſenſible & bon que ſon peuple idolâtre,
Nos cœurs du ſentiment reconnoiſſant la loi,
Sont prêts à s'écrier : François, vive le Roi! [1]
O! que ce cri touchant de la reconnoiſſance
S'élève & retentiſſe aux deux bouts de la France!

---

1 Si l'on m'objecte que l'expreſſion de *Vive le Roi!* n'eſt point admiſe dans la grande Poéſie, je répondrai qu'Athalie eſt bien un Poëme d'un genre auſſi élevé que celui-ci, & d'autant plus qu'il reſpire tout ce que l'ancienne Religion avoit de grand & d'auguſte. Cependant, Racine n'a pas fait difficulté d'y employer la même expreſſion, qui pourra paroître populaire à bien des gens; mais je pourrois ajouter encore que je l'ai priſe dans la Nature, puiſqu'elle me vint à moi-même vingt fois ſur la bouche, en me pénétrant des traits de reſſemblance entre Admette & Louis XVI. Le Spectacle étoit plein de François; qui oſera dire que j'étois le ſeul qui éprouva ce tranſport?

Au reſte, je ne me diſſimule point les défauts qu'a le commencement de ce Poëme; mais le reſpect pour les premiers motifs qui m'ont animé, ne m'a pas laiſſé le courage de le ſupprimer. Peut-être que par la ſuite le Lecteur trouvera des morceaux plus dignes de ſon indulgence, malgré les imperfections de l'ouvrage entier, que j'ai bien ſenties, mais que je n'ai pas eu le tems ou le talent de corriger.

Victimes de la glèbe, & vous Pauvres tremblans [1].
Pour répéter ce vœu ranimez vos accens;
Images des bons Rois, Monarques des familles,
O pères vertueux! à vos fils, à vos filles,
Autour de vos foyers, que vos cœurs attendris
Peignent le doux tableau des vertus de Louis.
Ranimez votre espoir en traçant cette image:
L'espérance du Peuple est dans un Prince sage,
Qui, sensible à l'éclat de votre dignité,
Voit lag loire des Rois dans la paternité,
Et qui, foulant aux pieds une grandeur futile,
Change sa vaine pompe en un trésor utile,
Qui, revenant bientôt au sein des indigens,
Aux horreurs de la faim arrache ses enfans.
O modernes Titus! ô vous, l'honneur du Trône,
Vrais Pères! votre front digne de la Couronne,
Des pleurs des malheureux n'a jamais à rougir:
Le délice du monde est votre seul plaisir.
Grand Joseph, Léopold, & toi Louis Auguste [2],
Puisse le Genre-Humain sous votre empire juste,
Recouvrer son éclat depuis long temps perdu,
Et pour dernier bienfait vous devoir sa vertu!
Les bons Rois, de l'orgueil bannissant les phantômes,
N'aspirent qu'à l'honneur de régner sur des hommes,

---

1 Allusion aux Hôpitaux.

2 L'Empereur, l'Archiduc Léopold, Grand-Duc de Toscane, son Frère, & Louis XVI, Roi de France, Beau-Frère de l'un & de l'autre.

Et de l'humanité relevant la grandeur,
Mettent toute leur gloire à faire ſon bonheur.
Heureux le Potentat aſſez grand par lui-même
Pour voir dans cette Loi celle du Diadême;
Qui, banniſſant des Cours un luxe déſaſtreux,
Aux dépens de l'État craint d'être faſtueux;
Et qui, pour mieux guérir les maux de la Patrie,
Sur le Trône a gravé le nom d'ÉCONOMIE!

Ducis, tu nous l'as peint ce Sage couronné,
Même au ſein de la Cour, des mœurs environné;
De ſon amour pour nous devenu l'interprête,
Tu nous offres Louis dans le portrait d'Admette,
Et ta Muſe ſenſible au doux charme des mœurs,
Pour les peindre emprunta les plus douces couleurs,
Fidelle en ſes portraits, l'Amour & la Nature
Semblent l'avoir guidée en ſa douce peinture.
Les Époux vertueux & les tendres Amans
Ont répandu des pleurs à ſes chaſtes accens;
Et comme à ceux d'Orphée, attendri par leurs charmes,
Tout, juſques à Laïs, a répandu des larmes.
Mais, ô ſtériles pleurs! vain attendriſſement
L'image des vertus nous conſole un inſtant,
Un inſtant nous cédons à ſon attrait aimable,
Et bientôt il s'enfuit tel qu'un ſonge agréable.
Au Théâtre on peut voir ce que pourroient nos cœurs,
Si l'on étoit jaloux de les rendre meilleurs.
Mais ſortis de ce lieu le torrent nous emporte,

Et la corruption nous ſaiſit à la porte.
Laïs ne pleure plus, & calcule en ſon âme
L'intérêt criminel de ſon commerce infâme.
Les tableaux de l'amour & des chaſtes vertus,
Pour Laïs & pour nous ſont à jamais perdus.
Cependant, pour calmer le mal qui nous poſsède,
Profitons, cher Ducis, de ce dernier remède;
Que d'inſtans en inſtans ton ſublime pinceau
Nous offre des vertus le conſolant tableau;
Et malgré les clameurs d'un injuſte Ariſtarque,
Sous les traits d'un bon Roi peints-nous notre Monarque.
Peints-nous-le dans ſon ſein portant tous ſes Sujets,
Faiſant de leur bonheur la fin de ſes projets,
Et ſous les traits touchans de la Beauté modeſte,
De l'Admette François peints-nous l'auguſte Alceſte.
Mais ici, pour tracer ce raviſſant tableau,
Qu'Albane & Raphaël te prêtent leur pinceau.

Regarde en ce jardin cette Roſe nouvelle;
Toutes les autres fleurs s'inclinent devant elle:
Elle règne, & pourtant ce règne glorieux
D'un empire plus beau n'eſt que l'emblême heureux:
Épris de ſa beauté, le Maître du tonnerre
Envie en la voyant le bonheur de la terre,
Et jaloux de jouir de ce rare tréſor,
De l'Olympe il deſcend ſur un nuage d'or.
L'Amour vole auſſi-tôt près de la Fleur vermeille:
Les champs Élyzéens n'en ont point de pareille,

Dit ſoudain Jupiter en voyant ſon éclat.
Quelle vive fraîcheur ! quel brillant incarnat ! . . . .
Mais l'Amour auſſi-tôt lance un trait invincible,
Qui, du Maître des Cieux, perce le cœur ſenſible,
Et l'Amant de Léda ſoupire en ce moment.
Preſſé par le doux feu d'un nouveau ſentiment,
Il conçoit le deſſein d'une métamorphoſe.
Quelle Beauté naîtroit d'une ſi belle Roſe,
Dit-il, ſi je portois la vie en ſon beau ſein !
Dans ſon calice alors il ſouffle un feu divin.
De ce ſouffle ſacré la puiſſance motrice,
D'un eſprit créateur anime ce calice ;
Il treſſaille, & ſoudain les feuilles d'alentour,
Par le même pouvoir s'animent à leur tour :
Tout change au même inſtant, & cette Fleur heureuſe
N'eſt plus qu'une Beauté céleſte & radieuſe.
Ainſi du ſein des eaux on vit ſortir jadis
Cette Divinité qu'on adore à Cypris.
Mais des flots écumeux d'une mer bouillonnante,
Elle ſortit pourtant moins belle & moins brillante
Que, du ſein d'une roſe où règne la fraîcheur,
Aux yeux de Jupiter parut avec ſplendeur
La nouvelle Vénus dont je trace l'image.
La Fleur qui l'enfanta brille ſur ſon viſage.
Sur ſon front rayonnant des traits de la beauté,
La douceur ſe marie avec la majeſté.
Des cheveux ondoyans où le zéphyr badine,
Flottent, ſans la cacher, ſur ſa taille divine ;

Et pour mieux l'embellir la Pudeur tendrement
D'un voile délicat la couvre en rougiſſant.
Sa voix & ſon ſourire ont ce charme qui touche :
La roſe qui n'eſt plus eſt pourtant ſur ſa bouche;
Car Jupiter, ſenſible à ſes charmans attraits,
Sur ce trône a voulu la fixer à jamais,
Et pour mieux poſſéder cette Beauté nouvelle,
Il l'élève à l'Olympe & la rend immortelle;
De trois Lys enlacés couronne ſes appas,
Et la nomme auſſi-tôt ANTOINETTE PALLAS.
Mais bientôt Jupiter, par un doux hymenée,
Avec elle voulut unir ſa deſtinée,
Et pour rendre ſon ſort à jamais glorieux,
Il plaça ſur ſon front la couronne des Cieux.

A CET heureux Hymen le Deſtin fut proſpère.
D'une Grâce d'abord ANTOINETTE fut Mère,
Qui, fière de ſortir de cet auguſte ſein,
Parut, dit-on, au monde, une roſe à la main;
Et chacun reconnut, à ce charmant emblême
Celle qui ſe peignoit doublement elle-même.
Mais au Deſtin alors adreſſant d'autres vœux,
ANTOINETTE voulut, pour gage de ſes feux,
De ſon auguſte Époux reproduire l'image.
Pour rendre digne d'elle un auſſi bel ouvrage,
Des dons de Jupiter, pour le faire briller,
Le Deſtin à loiſir voulut y travailler.
Mais enfin, pour combler ſa plus douce eſpérance,

Au Fils de Jupiter, Pallas donna naiſſance.
Ce Fils ne parut point une roſe à la main,
Mais on vit repoſer ſur ſon front enfantin,
Les Lys entrelacés à la Palme ſacrée,
Et l'olive avec grâce au laurier mariée.

Cependant à Pallas, avec un ſoin diſcret,
On crut pour un inſtant devoir faire un ſecret
De ce Prodige heureux qu'attendoit ſa tendreſſe.
Jupiter, joignant l'art à la délicateſſe,
Voulut la préparer à cet événement [1].

---

1 Je ne vais peindre ici qu'un fait, dont les papiers publics même ont fait mention, & voici comment un Publiciſte eſtimable le rapporte.

» La Reine avoit conſenti de n'être inſtruite du ſexe de ſon » Enfant que quelques jours après ſon accouchement, de crainte » que la joie ou le mécontentement qu'elle éprouveroit, ne lui » cauſaſſent quelque révolution funeſte. Cette loi fut obſervée » le jour de ſes couches. Le lendemain, le Roi étant auprès de » Sa Majeſté, & parlant avec elle de ſon Enfant, la Reine lui » parut ſi réſignée à accepter ſans murmure ce que le Ciel lui » avoit donné; elle lui répéta tant de fois que si ſes vœux avoient » été pour un Fils, le bien du Royaume & le contentement de » Sa Majeſté pouvoient ſeuls les lui faire former, que le Roi ſe » décida à ne lui plus cacher qu'elle avoit donné un Dauphin à » la France: Sa Majeſté le lui apprit de la manière la plus noble, » & en même-tems la plus délicate. Le Roi ſe leva & dit: *Qu'on » apporte Monſieur le Dauphin à la Reine.* A ces mots, cette » aimable Princeſſe ſe ſouleva ſur ſon lit; elle tendit les bras au » Roi, & ces auguſtes Époux, étroitement embraſſés, répandi» rent des larmes de tendreſſe bien délicieuſes ſans doute, puiſ-

Assis près de sa couche, il lui dit tendrement :
Dis-moi ; si le Destin, éprouvant ta constance,
N'avoit point satisfait ta plus douce espérance ;
Si, fermant une oreille insensible à tes cris,
A tes desirs ardens il refusoit un Fils,
A ses suprêmes loix te verroit-on soumise ?
PALLAS, cédant alors à sa noble franchise,
Répondit : du Destin je respecte les droits ;
Mais l'âme a ses desirs, & l'amour a ses loix ;
Et si de mon Époux je partage le Trône,
Si sa main sur mon front éleva sa couronne,
Ne puis-je desirer, par un juste retour,
De lui donner un Fils, gage de mon amour ?
Un Fils qui, pour combler tous les vœux de sa Mère,
M'offrît les nobles traits que j'adore en son Père ?

» qu'ils ne s'appercevoient pas que Monseigneur le Dauphin étoit » à côté d'eux. » *Courier de l'Europe*, *N° XLII. du Vendredi* 23 *Novembre* 1781.

C'est avec l'attention la plus scrupuleuse à recueillir des faits intéressans, c'est en les rapportant avec cet accent de l'âme qui se fait remarquer dans le Courier de l'Europe, qu'on parvient à soutenir une Feuille aussi prolixe que l'est celle-là. Malgré les entraves qui doivent nécessairement embarrasser un Écrivain publiciste, il règne dans cette Feuille un ton de philosophie qui en fait aimer l'Auteur ; on le voit toujours se ranger du parti le plus juste, hasarder souvent des vérités fortes & des vûes profondes ; son style & ses jugemens en littérature, annoncent un Homme de goût & un esprit cultivé. Quand il est question de Patrie, on voit qu'il est François, & qu'il ne l'oublie jamais.

Mais si je n'obtiens pas ce bienfait du Destin,
Sans murmure à ses loix je me soumets enfin.
Des desirs indiscrets seroient une foiblesse;
Une Fille est mon sang, je lui dois ma tendresse.
Ah ! du sein maternel, loin de la repousser,
Qu'on l'apporte à l'instant, je voudrois l'embrasser.
Oui, répond Jupiter en souriant en Père,
Qu'on apporte mon Fils dans les bras de sa mère....
Mon Fils !.... Ciel !.... A ce nom & si cher & si doux,
ANTOINETTE soudain embrasse son Époux.
L'un sur l'autre pressés, leurs deux cœurs se répondent;
Les larmes de l'amour sur leur sein se confondent;
Unis, entrelacés, leur âme en cet instant
S'abandonne & s'élève à ce ravissement,
A ce charme divin qui n'est que l'amour même,
Et qui des Immortels fait le bonheur suprême:
Le bonheur de l'amour est le bonheur des Dieux,
Et c'est le seul qu'on goûte en l'empire des Cieux.
Entièrement livrée au doux feu qui l'embrâse,
PALLAS oublioit tout au sein de son extase,
Et Mère trop sensible, elle ne voyoit pas
Auprès d'elle son Fils qui lui tendoit les bras.
Un cri de cet Enfant réveille sa tendresse;
Elle le prend soudain, contre son sein le presse,
Le couvre de baisers, & rend grâce au Destin
Qui couronne ses vœux dans ce Gage divin.
O souverain Moteur de tout être sensible,
Dont l'empire si doux, le charme irrésistible,

Des Dieux & des humains attestent la bonté !
Toi, dont les traits touchans décorent la Beauté,
Toi, si cher à l'amour, plus cher au cœur d'un Père,
Et qui règnes sur-tout dans celui d'une Mère,
Sentiment ! en ce jour quel triomphe pour toi !
Tous les cœurs entraînés & soumis à ta loi
Ne pouvoient résister au pouvoir de tes charmes,
A ce plaisir si pur de répandre des larmes ;
Tous les Dieux en versoient, tout le Ciel s'attendrit,
Et dans l'immensité l'Univers tressaillit.
Ces mondes, ces soleils suspendus dans le vuide,
Ne reconnoissant plus le pouvoir qui les guide,
Arrêtés dans leur course & leur pole incliné,
Saluèrent en chœur cet Enfant nouveau né.
Ainsi, pour célébrer sa naissance sublime,
L'Univers ne formoit qu'un concert unanime ;
Et quand au Genre-humain cet Enfant s'annonça,
Le tonnerre de Mars dans les airs éclata ;
La Renommée alors, en étendant ses aîles,
Ébranla de sa voix les voûtes éternelles ;
Éole au loin chassa les nuages des Cieux,
Et Phœbus sur son char parut plus radieux [1] ;

---

1 J'imagine qu'on me rendra assez de justice pour croire que la remarque que je vais faire n'est que de pur agrément, & seulement pour ajouter aux charmes des idées que le jour mémorable que je célèbre a fait naître ; c'est que j'ai observé que le jour de la naissance de Monseigneur le Dauphin, le Ciel avoit été couvert de nuages toute la matinée : vers le midi, c'est-à-

La Terre en fut émue & tressaillit de joie.
Ainsi, quand le bonheur sur elle se déploie,
On la voit pour ses Dieux témoigner son amour,
Et, pour mieux les bénir, leur consacrer ce jour.
Ses enfans attendris, en pleurant de tendresse,
Élevèrent aux Cieux mille chants d'allégresse,
Et Jupiter, touché de leurs tendres accens,
Descendit, comme un Père, au sein de ses enfans.
Quelle sérénité sur son front étoit peinte!
Du bonheur le plus doux ses traits offroient l'empreinte;
Il sembloit contempler en ce jour solemnel,
Le bonheur qu'inspiroit son aspect paternel.
De sa félicité tous les cœurs s'attendrirent,
Et mille cris d'amour sur le sien retentirent.

Mais, trop tôt s'échappant aux mortels attendris,
Il monta vers l'Olympe, & fut revoir son Fils.
A cet auguste Enfant les Dieux rendoient hommage,
Et chacun, de ses vœux, lui présentoit un gage.

---

dire, vers l'heure où cet auguste Enfant vint au jour, le Ciel s'éclaircit peu-à-peu, & brilla toute la soirée & le lendemain, de la sérénité la plus pure. C'est là un fait agréable que j'ai été bien-aise de citer, pour ajouter à la fraîcheur des idées que cet heureux événement a inspirées, & pour prouver que ce n'est pas tout-à-fait en Poëte que je parle, quand je dis :

» Éole au loin chassa les nuages des Cieux,
» Et Phœbus sur son char parut plus radieux. »

J'en pourrois dire autant du jour que la Reine vint à Paris.

Pour protéger le foible & punir l'oppresseur,
Mars porta dans son sein le feu de la valeur;
Pour peindre des vertus le charme & la puissance,
Pour vaincre les esprits, défendre l'innocence,
Mercure lui donna ce don sublime & grand,
D'émouvoir, d'entraîner, enfin, d'être éloquent.
Lorsqu'on veut consacrer une loi sur la terre,
L'éloquence souvent sert mieux que le tonnerre:
La force ne vaut pas la persuasion;
On peut braver la foudre, on cède à la raison.

Les yeux étincelans d'un céleste délire,
Apollon en ce jour vint chanter sur sa Lyre
Le bonheur d'une Mère, & l'espoir fortuné
Qu'inspire à l'Univers cet Enfant nouveau né.
Il le rendit sensible aux loix de l'Harmonie.
De ses touchans accords la douce mélodie,
En pénétrant les sens par son charme vainqueur,
Déjà de cet Enfant alloit toucher le cœur,
Et sur son jeune front, un aimable sourire
Peignoit l'heureux effet du pouvoir de la Lyre;
Mais tout-à-coup ravi par ses accords divins,
Il voulut la toucher de ses doigts enfantins.
Pallas en tressaillit, & dans ce trait de flâmme,
Elle crut dans son Fils reconnoître son âme.
On connoît de Pallas la sensibilité;
On sait comment ses doigts, avec légèreté,
Tirent d'un instrument docile à l'Harmonie,

Des ſons mélodieux dont l'Olympe eſt ravie ;
Et comment de ſa voix la touchante douceur
Sait, en charmant l'oreille, arriver juſqu'au cœur.
Au berceau de ſon Fils, en ſuſpendant ſa Lyre,
Apollon lui ſouffla le beau feu qui l'inſpire,
Et lui dit : Noble Enfant, ſouviens-toi que les Dieux
N'ont pas en vain créé des moyens d'être heureux.
Jouis de tous leurs dons, & chéris l'Harmonie ;
Mais, plus puiſſante qu'elle, aime la Poéſie,
Protège les beaux Arts, goûtes-en les douceurs ;
Ils éclairent le monde & conſolent les cœurs.
Je célèbre aujourd'hui ton auguſte naiſſance ;
Mais par de grands bienfaits ſignalant ta puiſſance,
Puiſſé-je quelque jour, admirant tes deſtins,
Te chanter comme un Père adoré des humains !

Au Fils de Jupiter, voulant ſervir de guide,
Minerve ſur ſon cœur ſuſpendit ſon égide,
Où l'on voyoit gravés de ſa divine main,
L'écuſſon de la France & celui du Dauphin ;
Et Minerve voulut que cet auguſte emblême
Fût le préſage heureux de la gloire ſuprême
De cet Enfant chéri de la Terre & des Cieux.
Elle voulut encor que ce nom glorieux,
Ce beau nom de Dauphin, pour nous de bon augure,
Annonçât le bonheur de la Race future.
Mais des rayons divins l'éclat reſplendiſſant
Entoura le berceau de cet auguſte Enfant,

Et Minerve ſur lui penchée avec tendreſſe,
Déposa dans ſon ſein le don de la Sageſſe.

Sur ſon front couronné de lauriers & de lys,
Cérès, en ce moment, vint unir ſes épis.
Mais ces épis dreſſés [1] ſur leurs pailles fragiles,
Avoient été cueillis dans nos champs peu fertiles,
Où le Cultivateur gémiſſant ſous les fers,
Les laiſſe convertir en des affreux déſerts.
Sur le front de Cérès un voile de triſteſſe
Y venoit de ce jour obſcurcir l'allégreſſe:
Elle avoit beau vouloir ſe livrer au bonheur,
Un fond d'abattement trahiſſoit ſa douleur;
Et ſa robe en lambeaux indiquant ſa miſère,
Ne déſignoit que trop qu'une pauvre chaumière
S'élevoit humblement ſur les anciens débris
De ſes temples fameux, par les Traitans détruits,
Et dont le triſte aſpect n'offroit plus à la vûe
Que le morne tableau de leur gloire abattue.
Sa langue embarraſſée en ſes confus diſcours,
Dans ſa bouche, en naiſſant, interrompoit leur cours,
Et les expreſſions de ſes mâles penſées,
Venoient mourir ſoudain ſur ſes lèvres glacées.
Mais Jupiter, ému de ce triſte embarras,
S'approcha de Cérès, la prit entre ſes bras,

---

1 Plus les épis ſont maigres & plus ils ſont droits; au contraire lorſqu'ils ſont bien nourris, le poids des grains les fait pencher. Tout le monde ſait cela.

Et parlant à son cœur avec la voix d'un Père ;
Fit couler dans son sein un baume salutaire,
Le baume de l'espoir, & que les Rois souvent
Au sein de leurs Sujets répandent vainement.
Cérès, le regardant d'un œil de confiance,
Lui dit : O Jupiter ! ô ma seule espérance !
Quand viendront ces beaux jours par ta bouche promis,
Où les champs couronnés de mes riches épis,
Pourront nourrir le pauvre au sein de la misère,
Et porteront l'aisance en sa triste chaumière ?
Quand viendront ces beaux jours de gloire & de bonheur,
Où les Rois éclairés trouveront leur grandeur,
Non dans le vain éclat d'une fausse opulence,
Mais dans un sol fertile où règne l'abondance ?
Malheur aux insensés qui méprisent ma loi !
Les Rois, tout grands qu'ils sont, ne le sont que par moi.
Monarque Laboureur, conduisant la charrue,
Autrefois dans mes champs tu t'offris à ma vûe,
Y traçant des sillons de ton auguste main [1] ;
La terre sans effort alors ouvrit son sein.
Les mortels attendris bénirent ta sagesse,

---

1 Tout le monde sait que le Roi, étant encore Dauphin, voulut lui-même conduire une charrue, & que ses mains augustes tracèrent elles-mêmes des sillons. Ce grand & bel exemple fit naître le plus doux espoir dans le sein des campagnes. O Cérès ! tu applaudis du haut des Cieux, & les larmes de ta reconnoissance arrosèrent la terre ; mais, hélas ! cette douce rosée n'a pu encore fertiliser nos champs.

Et le Cultivateur reconnut sa noblesse.
Ta foudre reposoit sous des berceaux fleuris,
Et je fus à ton Sceptre enlacer mes épis.
Qu'il seroit doux de voir tous les Dieux de la terre
Suivre cette leçon du Maître du tonnerre,
Descendre de leur gloire, & parmi les mortels
Venir faire fumer l'encens sur mes Autels!
Jupiter, ce beau jour vint calmer mes alarmes,
Et son doux souvenir m'arrache encor des larmes.
Reçois-en le tribut, & juge en ce moment
Combien je fus sensible à ce bienfait touchant!
Mais, tiens ce que promet un aussi grand exemple:
Dans mes champs ruinés viens relever mon temple.
Si, par mes tendres soins, les hommes sont nourris,
Ils tombent expirans au sein de mes épis,
Quand l'impôt destructeur, dévastant la nature,
Transforme l'Univers en vaste sépulture.
L'homme meurt lentement frappé de ce fléau,
Et traîné dans l'opprobre, il descend au tombeau [1].

---

1 Plus on augmente l'impôt, plus on diminue la production & la consommation, & par conséquent plus on diminue les consommateurs. On ne peut porter atteinte à la production, sans en porter en même-tems à ceux qui font produire, & à ceux qui consomment. Le coup qu'on porte à l'Agriculture frappe également le Laboureur & le consommateur, & la somme des êtres qui vivent des productions du sol, est toujours en proportion des denrées qu'il produit. Dieu n'a créé une terre si fertile, que parce qu'il savoit qu'il y auroit beaucoup d'êtres à nourrir. Sa Providence avoit prévu sur-tout la multiplicité de l'espèce humaine,

De ſes longues ſueurs, hélas ! tout le ſalaire
N'eſt donc que d'expirer au ſein de la misère?
Lorſqu'au ſein des Cités ſes Tyrans odieux
Étalent ſans pudeur un luxe ſcandaleux,
Et couronnant le vice au ſein de la baſſeſſe,
Dans des chars élégans font briller leur Maîtreſſe,
Dont l'inſolent Cocher, ſouvent d'or revêtu,
Éclabouſſe en paſſant le front de la Vertu....
Jupiter, à ces mots, frémiſſant de colère,
Jura d'exterminer leur race meurtrière,
Et promit à Cérès un règne plus heureux.
La ſenſible PALLAS, propice aux malheureux,
Diſſipa de Cérès les mortelles alarmes;
De ſes auguſtes mains elle eſſuya ſes larmes,
Et Cérès, prenant part à ſon ſort fortuné,

---

cette Reine de toutes les autres eſpèces; mais les tyrans de l'Agriculture, toujours en oppoſition avec la juſtice Divine, reſſemblent parfaitement à des inſenſés, qui prétendroient qu'un monde entier peut ſubſiſter dans les régions de l'air, & que l'eſpèce humaine peut ſe maintenir au milieu des eſpaces imaginaires. Ils ſont eux-mêmes ces inſenſés, & l'on ne feroit que rire de leur folie, ſi les glaives dont ils ſont armés ne faiſoient pas couler tant de ſang & de larmes. Mais quoi ! s'écrieront-ils, ne faut-il donc point d'impôt ? Voilà encore un autre trait de leur démence, & ils ſeroient capables d'élever cet argument ſur les ruines de la nature & ſur le tombeau de l'univers; mais auſſi la réponſe ſeroit-elle à leurs pieds. Oui, barbares, il faut un impôt, ſans doute, & qui vous le nie ? mais hors la juſte proportion qu'il doit avoir, il vous reſſemble, il eſt le plus grand fléau qui puiſſe ravager la terre & déſoler l'humanité.

Fut déposer auprès de son Fils nouveau né,
Un peu vuide de biens, sa corne d'abondance.

Thémis sur son berceau suspendit sa balance,
Et lui dit : « O mon Fils ! qui deviens en ce jour
L'objet universel du plus puissant amour,
Souffre qu'en ce moment, du séjour du tonnerre,
Thémis entre ses bras te présente à la terre [1].
Des sensibles mortels le cœur impatient
Semble t'avoir chéri même dans le néant.
De leur âme en suspends tu calmes les alarmes ;
De leurs yeux attendris viens voir couler des larmes.
O douce expression de l'ivresse du cœur !
Ainsi coulent, mon Fils, les larmes du bonheur.
Pour te couvrir un jour d'une gloire immortelle,
Promets entre mes mains qu'à mon culte fidèle,
Et des pauvres humains favorisant les droits,
Tu ne voudras régner qu'à l'ombre de mes loix.
Même au règne des Dieux mon pouvoir est propice :
Aucun d'eux n'a le droit de fouler la Justice ;
Leur essence y répugne, & ce droit odieux
Fut toujours en horreur dans l'empire des Cieux.

---

1 Allusion à la belle cérémonie qui se fait à la naissance d'un Dauphin. Lorsque cet auguste Enfant vient au monde, il est déposé entre les mains du Chancelier de France, qui le reçoit au nom de la Patrie, & qui est le garant envers elle qu'un Successeur au trône lui est né.

L'homme ſeul, uſurpant un pouvoir tyrannique,
M'a fait ſouvent gémir ſous ſon joug deſpotique,
Et ſon orgueil jaloux du pouvoir des Démons,
Sur le trône du monde éleva les Nérons.
Que de larmes alors coulèrent ſur la terre!
Des plus vils ſcélérats elle fut le repaire;
Elle ſeroit encor livrée à leur fureur,
Si des Francs généreux l'héroïque valeur
N'avoit point renverſé leur pouvoir deſpotique,
Et fondé ſur mes loix la liberté publique.
O vous, premiers François! ô valeureux mortels!
Vos mains ont relevé mes antiques Autels;
Maintenez votre ouvrage, & que ma loi chérie
Conſerve dans vos cœurs l'amour de la Patrie [1].
Du ſein des Immortels je balance vos droits,
Je ſuis l'appui du Peuple & le ſoutien des Rois;
Par moi ſeule le Trône eſt digne qu'on le craigne,
Mais plus grande que lui, je veux que la loi règne [2].
Maudit ſoit à jamais le monſtre ambitieux,
D'un pouvoir criminel promoteur odieux,
Qui, pour perdre les Rois, ſorti des noirs abîmes,
Sur le Trône voulut couronner tous les crimes!
Son ſyſtême infernal, & digne des brigands,
Dit que tout doit céder aux fureurs des Tyrans.

---

1 Là où il n'y a point de Loi, il n'y a point de Patrie.

2 Ce qui rend les fondemens du Trône ſacrés, c'eſt la Loi. C'eſt elle, & non pas l'homme qui doit régner, dit très-bien l'immortel Fénélon.

Foule aux pieds, ô mon Fils! cette morale impure,
Que du sein des enfers exale l'imposture;
Que ces lâches flatteurs, abhorrés dans les Cieux,
Glacés à ton aspect, tombent devant tes yeux,
Et souviens-toi toujours que dans son rang auguste,
Jupiter dédaigna le pouvoir d'être injuste [1]. »
Ainsi parla Thémis, & la sage Pallas,
Dans un transport d'amour, la prit entre ses bras
Jupiter applaudit, & son Enfant auguste
A la face des Cieux fit serment d'être juste.

Neptune, dégoûtant de l'écume des mers,
Et traînant après soi les débris de ses fers,
Vint lui dire: « O mon Fils! un beau jour vient me luire,
La liberté déjà renaît sur mon empire.
Un monstre furieux, sous le nom d'Albion,
Avoit soumis mon Sceptre à son oppression.
Déjà tout fléchissoit sous son bras tyrannique;
Il bannissoit des mers la liberté publique:
Mais Jupiter, ému du sort du monde entier,
Bientôt de ce Démon courba le front altier.
Sur lui, du haut des Cieux il lança le tonnerre,
Alors on vit trembler la superbe Angleterre;
Au sein de ses succès son orgueil s'ébranla,
Et son Trône d'airain sous ses pieds chancela.
Puisse le coup mortel, qui déjà la menace,

1 Allusion au rappel de la Magistrature.

De ſon front orgueilleux humilier l'audace!
Puiſſe-t-elle, ſoumiſe à d'équitables loix,
De tous les pavillons reconnoître les droits!
A ton Père on devra cet immortel ouvrage :
Au nom des Nations, je viens lui rendre hommage.
Je le lui rends en toi pour le rendre plus beau,
Et laiſſe mon trident auprès de ton berceau.
Protège-le, mon Fils, ainſi que fait ton Père,
Et que la liberté ſur les mers te ſoit chère.
Souviens-toi que par-tout ſes ſalutaires loix
Font le bonheur de l'homme & la gloire des Rois. »

Mais pendant qu'il s'exprime avec cette éloquence,
Un Dauphin couronné vers le berceau s'avance,
Et poſe ſa couronne auprès de cet Enfant.
Sans doute ſon motif ſe conçoit aiſément :
Les Dauphins ſont toujours fort jaloux de leur gloire,
Et celui-ci voulut illuſtrer ſa mémoire.
Neptune, cependant, ſur l'empire écumeux,
Retourne avec l'eſpoir d'y régner plus heureux.

Sur un nuage d'or, la féconde Cybelle
A ſon tour s'éleva vers la Cour éternelle.
Elle étoit deſcendue au milieu des mortels,
Pour mieux les animer aux bienfaits ſolemnels.
Sur ſon ſein attendri l'Humanité ſacrée,
De captifs déchaînés, d'orphelins entourée,
Repoſoit en ce jour avec un front ſerein.

N * * * & Peletier la tenoient par la main [1].
N * * *, cet ennemi des prisons ténèbreuses,
Pleurant de voir gémir sous des chaînes honteuses
Ses frères, des humains nés pour la liberté,
Dont le seul crime, hélas! n'est que la pauvreté,
Voulut que ce grand jour terminant leur misère,
Même pour le malheur devint un jour prospère,
Et ces heureux captifs, par d'autres nœuds liés,
Faisoient fumer l'encens le plus pur à ses pieds,
Dont la céleste odeur dans les airs répandue,
D'un parfum bienfaisant environnoit la nue.
Sur une gerbe assis entre deux Laboureurs,
Préférant cet éclat à celui des grandeurs,
Peletier, dont le nom peint seul la bienfaisance,
Qui de sa main jadis couronna l'innocence,
De Vierges, d'Orphelins encore environné,
Se voyoit à son tour par leurs mains couronné.
Deux Filles qui, malgré leur illustre naissance,
Avoient connu jadis le poids de l'indigence,
Bénissoient Peletier comme leur bienfaiteur.
Dans le triste réduit qui cachoit leur grandeur,
Lui-même descendant avec le cœur d'un Père,
Fut seul les arracher à leur triste misère.
Des Enfans au berceau publioient à leur tour
Qu'il leur a fait du bien, même avant d'être au jour,

1 Tout ceci suppose qu'on a lu le Discours qui est à la tête de ce Poëme, & sur-tout la Lettre concernant M. le Peletier, Intendant de Soissons.

Et d'autres, malgré lui, ne se lassoient de dire
Qu'ils lui doivent les soins qu'on prend de les instruire,
Que dans l'affreux repaire où l'innocent gémit,
Malgré son désespoir, le pauvre le bénit.

Des Mortels malheureux, sensible & tendre Mère
O Cybelle! en ce jour à nos vœux si prospère,
Tu voulus t'escorter dans l'empire des Cieux,
D'un cortège touchant autant que glorieux.
Au Fils de Jupiter, sans un autre langage,
Le tableau des vertus fut ton unique hommage,
Et cet auguste Enfant, au fond de son berceau,
Tressaillit à l'aspect d'un hommage si beau.
La sensible Pallas, de ce tableau ravie,
Voulut qu'aux malheureux on versât l'ambroisie.
D'un aimable souris Jupiter l'applaudit,
Et dans des coupes d'or Hebé leur en servit.
Ils burent, & leur cœur plein d'une douce ivresse,
De l'Olympe en ce jour augmenta l'allégresse.
Cependant il sembloit que leurs transports joyeux
Eussent encore un air un peu trop sérieux.

Les roses sur le front, alors on vit paroître
L'aimable Déité de l'empire champêtre.
Pan, suivi de Bergers, au son du chalumeau,
S'avançoit avec Flore auprès de ce berceau.
Des Faunes, des Sylvains, des Nymphes bocagères,
Exprimoient leurs transports par des danses légères.

Chacun

Chacun étoit jaloux en ce jour fortuné,
De venir rendre hommage à ce Dieu nouveau né [1];
Le plus simple Berger lui portoit ses offrandes;
Flore sur son berceau suspendoit des guirlandes.
Pendant qu'ils se livroient à leurs transports joyeux,
On vit venir l'Amour & les Ris & les Jeux;
Les Attraits enchanteurs, les Grâces demi-nues,
Tous unirent alors leurs danses ingénues.
L'Amour vit, cependant, d'un œil un peu jaloux,
De cet Enfant nouveau les traits rians & doux;
Mais bientôt, s'admirant lui-même en son ouvrage,
Au nom de l'Univers il lui rendit hommage.
Toutefois avec lui Vénus ne parut pas:
On n'aime guère à voir éclipser ses appas;
Vénus n'est pas en vain & Déesse & coquette;
Et fuit toujours les lieux où préside Antoinette.

De célestes concerts, des chants mélodieux,
Retentirent alors dans l'empire des Cieux.
Les accords enchanteurs de la douce Harmonie,
Augmentent les transports dont notre âme est ravie;
Et séduits, entraînés par leur charme vainqueur,
L'âme s'élève alors au comble du bonheur.
Pleine du feu sacré qui l'anime & l'embrâse,
D'un pur ravissement elle éprouve l'extâse;

---

1 Je crois pouvoir employer cette expression, d'après l'allégorie de ce Poëme.

Le ſentiment l'enivre, & ce don précieux
Fait par-tout le bonheur des hommes & des Dieux.
Ainſi l'on célébroit dans le céleſte empire
Cet Aſtre radieux qui commençoit à luire:
Son aurore déjà préſageoit les bienfaits;
Son aurore en eſt un en comblant nos ſouhaits.

Mais je crois voir ici la ſévère Patrie
Qui m'arrête & me dit: « J'aime l'allégorie,
J'aime l'art enchanteur des nobles fictions,
Et je voudrois encore avoir des Fénélons:
De leurs noms immortels je chéris la mémoire,
Et leur éclat ajoute à celui de ma gloire.
Mais toi, novice encor dans cet art ſéducteur,
Sais-tu comme l'on joint au langage du cœur
Les grâces de l'eſprit & la délicateſſe,
Et de l'invention la féconde richeſſe?
Sais-tu comme on ordonne avec art des tableaux?
Comme le ſentiment anime les pinceaux?
Sais-tu comme l'on peint la Beauté couronnée,
De ſon auguſte Fils la grande deſtinée?
Sais-tu fuir les fadeurs d'un galant Céladon,
L'âpre ſévérité d'un farouche Tymon,
Dédaigner les grands mots d'un Charlatan en *iſte*,
L'obſcur & plat jargon d'un froid Économiſte,
Le ſtyle non moins ſec de nos Savans en *us*,
Le grimoire ſacré de nos Saints ſans vertus[1],

1 Ce vers fait alluſion à certains Hypocrites qui ont proſcrit les

Et pour mieux obtenir ce que ton cœur desire,
Mériter que Louis daigne enfin te sourire? »

Non, je ne connois point ce grand art de charmer;
Mon cœur est citoyen, & ne sait que t'aimer.
Dans le temple des Arts j'entre sous tes auspices;
De mon foible talent je t'offre les prémices.
Le desir d'honorer ma Patrie & mon Roi,
A pu seul m'imposer la dangereuse loi
De faire, en chancelant, un pas dans la carrière
Où souvent l'on voudroit revenir en arrière.
Si pourtant l'on pardonne aux vœux d'un Citoyen;
L'objet de mes essais en sera le soutien,
Et les noms adorés que célèbre ma Muse,
A ma témérité pourront servir d'excuse.
O Joseph, Léopold, Antoinette, Louis;
O nouveau Rejeton de la tige des Lys!
Premiers sujets des chants de ma Muse timide;
Si vos augustes noms devenoient son égide,
Elle pourroit braver ces traits envenimés
Que dans son fiel impur la Critique a trempés;
Cèdres majestueux, si le vaste feuillage
De vos rameaux sacrés me prêtoit leur ombrage;
Dans les airs enflammés le tonnerre en fureur
Jamais n'altéreroit le calme de mon cœur.

---

mots sacrés d'Humanité, de Bienfaisance, &c, de leur idiôme. Il est bien naturel que ceux qui ont abjuré le sens en détestent l'expression.

O de tout Citoyen Divinité chérie,
Idole de mon âme, ô France! ô ma Patrie!
Qui, le front couronné de lauriers glorieux,
Lèves sur Albion un bras victorieux,
Souffre que me couvrant de ton aîle propice,
Ton nom de cet Écrit orne le frontispice;
C'est pour t'en faire hommage, ainsi qu'à la Vertu:
Si j'obtiens un succès, il te sera rendu.

Mais quels nouveaux accens se font encor entendre?
Au sein de ton bonheur que te vient-on apprendre?
Mille Divinités de l'Empire écumeux,
Sur tes bords fortunés lèvent leurs fronts joyeux.
Des rayons d'un beau jour la mer étincellante,
Sur ses flots couronnés d'une écume brillante,
Voit bondir des Dauphins en leur folâtre humeur.
Ah! les Dauphins toujours présagent le bonheur.
D'une aîle accoutumée à parcourir l'espace,
De l'immense Océan, en rasant la surface,
L'agile Renommée, au vol prompt & léger,
Sur les pas de Lauzun vient d'un bord étranger,
Pour combler le bonheur dont tu goûtes les charmes,
T'annoncer contre Yorck la gloire de tes armes.
La Victoire en ce jour veut d'un laurier nouveau
De ton jeune Dauphin ombrager le berceau.
Elle fait dans les airs retentir sa trompette,
Les noms de Washington, Rochambeau, la Fayette,
Grasse, Vioménil, par elle proclamés,

Sont avec leur éclat en Europe semés ;
Mais trois fois dans les airs, les chants de la Victoire
Font retentir un nom que répète la Gloire ;
Ce nom est la Fayette, & le François ému
Le répète trois fois au nom de la Vertu.
L'auguste Liberté, de sa bouche héroïque,
Le proclame trois fois aux champs de l'Amérique ;
Et les mânes sacrés de ses plus grands Héros,
Se lèvent à ce nom dans la nuit des tombeaux.
Mais l'admiration qui pour lui nous transporte,
N'étonne en ce moment que celui qui le porte,
Et le tendre incarnat d'une aimable pudeur
Vient colorer le front de ce jeune Vainqueur.
Au milieu des succès dont l'éclat l'environne [1],
Sur le front de son Maître il pose sa couronne,
Et l'Univers ému de ce tableau touchant,

---

1 « Celui qui a le plus contribué au succès de cette grande entreprise, est, sans contredit, le Marquis de la FAYETTE ; c'est lui qui a suivi pas à pas Cornwallis, qui l'a sans cesse harcelé, qui l'a acculé dans Yorck, & a préparé sa perte. Aussi les Américains, comme les François, & les ennemis même, font le plus grand éloge de ce Général, qui est encore fort jeune, dont toutes les démarches ont annoncé le génie du guerrier, & dont on admire la douceur & la simplicité de ses mœurs, & son sang-froid réuni au coup-d'œil le plus sûr. Le Lord Cornwallis, enchanté des grandes qualités de son Ennemi, a demandé, à différentes reprises, de traiter avec lui, & de ne remettre ses armes qu'à lui seul ; le modeste Guerrier a toujours refusé, & l'a renvoyé à Washington, son Général ». *Voyez Mercure de France*, N° 48, *premier Décembre* 1781. *art. Paris*, & *le Courier de l'Europe*.

Entre ces deux Héros cherche en vain le plus grand.
A peine l'Univers revient de la surprise
Du glorieux succès de leur noble entreprise.
Pour un même dessein ces Héros réunis,
Avec habileté trompent leurs ennemis;
Et leurs corps dispersés, à ce dessein fidèles,
Pour voler au combat semblent avoir des aîles.
Ils triomphent de tout, & l'ennemi vaincu
Est lui-même forcé d'admirer leur vertu.
De mille esprits divers, mais qu'un seul vivifie;
On ne peut se lasser d'admirer l'harmonie.
Il sembloit en ce jour que le Ciel à propos
Eût lui-même guidé l'ardeur de ces Héros.
De l'union des cœurs telle est donc la puissance!
La sagesse souvent sert mieux que la vaillance.

En quel jour plus prospère, en quel temps plus heureux
Pouvoit-on de lauriers ceindre nos fronts joyeux?
De mille biens divers la France environnée,
Par la Victoire encor de nouveau couronnée,
N'a qu'à bénir le Ciel de ses rares bienfaits,
Et pour mieux les combler, en attendre la Paix.
Ô Paix! heureuse Paix! sous ton olive sainte,
L'Humanité respire & repose sans crainte;
Mais quand l'affreuse Guerre étend son noir cyprès,
La mort nous fait gémir même au sein des succès.
Pourquoi faut-il, hélas! pour venger nos querelles,
Dans le sang des humains tremper nos mains cruelles?

O Paix ! viens relever ton autel abattu,
Viens essuyer les pleurs que répand la Vertu.

Et toi, qui rappelant la Tragédie antique,
Pour nous peindre un grand Roi, nous l'as peint pacifique,
Aux farouches mortels viens faire aimer la Paix,
De son empire heureux viens chanter les attraits ;
Et nouvel Amphyon qu'un feu divin inspire,
Viens relever son temple aux doux sons de ta Lyre.
Qu'aux sons harmonieux de tes divins concerts,
La Guerre pour toujours rentre au fond des enfers.
A tes mâles accens joignant ma voix timide,
Dans l'art des Amphyons je te prendrai pour guide,
Et dans mes chants divers j'unirai tour-à tour
Aux accens de la Paix les soupirs de l'Amour.
On me verra peut-être, en marchant sur ta trace,
Pour célébrer Xavier [1], imiter ton audace,
Joindre ma foible voix à tes mâles concerts,
Et chanter avec toi le Maître que tu sers.
Mais de tous les Bourbons pour célébrer la gloire,
Il faudroit, comme toi, des Filles de mémoire
Avoir reçu cet art, ce talent plein d'attraits,
Qui, sans se répéter, sait varier ses traits.
Ah ! ma timide voix sur mes lèvres expire,
Et de mes foibles mains je sens tomber ma Lyre.

---

1 Monsieur, Frère du Roi.

Adieu donc, cher Ducis; sois, malgré les clameurs,
Le Poëte de l'âme, & le Peintre des mœurs,
Et joins au noble éclat d'un laurier dramatique,
Des mains de la Vertu la palme du Portique [1].

Fin du Poëme.

[1] M. Ducis fut reçu Membre de l'Académie Françoise, à l'occasion d'Œdipe chez Admette.

VERS

Pour mettre au bas du Portrait du ROI.

QU'IL eſt doux, ô Vertu, de te croire immortelle !
Hélas ! combien nous ſerions malheureux,
Si, délaiſſant ce monde, à tes loix peu fidèle,
Tu ſuivois ſans retour le Sage dans les Cieux !
Mais, ô Numa, Trajan, Antonin, Marc-Aurèle !
Sa gloire éteinte en vous brille encore à nos yeux,
Dans l'âme de LOUIS, ſur ſon front glorieux,
Pour le bonheur du monde elle ſe renouvelle.

AUTRES

Pour mettre au bas du Portrait de la ***REINE.***

DES ROSES de l'Hymen, des myrtes de l'Amour,
Les Grâces ſur ſon front poſent une couronne ;
De ſon éclat brillant la Beauté l'environne,
Et la Fécondité la couronne à ſon tour.

LE SPECTACLE
DE L'AMOUR MATERNEL,

VERS pour mettre au bas du Portrait de la REINE. Sa Majesté seroit représentée ayant Monseigneur le DAUPHIN entre ses bras, avec un Lys à la main; MADAME à ses genoux, tenant une Rose; & le ROI contemplant ce spectacle avec le sourire de la satisfaction.

L'AMOUR respire sur son sein;
A ses genoux une Grâce repose,
L'un tient un Lys, l'autre une Rose
Dont l'éclat brille sur son teint;
Son Époux la contemple & bénit son destin.

AUTRES

Au Vainqueur de CORNWALLIS.

Que la Fortune unie avec l'Intrigue,
Que la Puiſſance, à l'aide de la Brigue,
Obtiennent les faveurs qu'on doit aux vrais Héros,
Je m'indigne & gémis ſans que cela m'étonne.
Mais combien j'aime à voir par d'illuſtres travaux,
Turenne créer ſeul l'éclat qui l'environne,
Maurice remporter la palme des Guerriers,
Henri, par ſa valeur, obtenir ſa Couronne,
Et la Fayette enfin mériter ſes lauriers !

L'UNITÉ DES AMES.

AU GÉNÉRAL WASHINGTON.

L'AME de Fabius errante ſur la terre,
Cherchoit en vain un lieu des Tyrans reſpecté ;
Dernier Temple des Mœurs & de la Liberté,
Où du fier Deſpotiſme on bravât le tonnerre.
Après avoir erré ſur l'ancien Univers[1],
Après avoir gémi ſur nos maux & nos fers ;
De l'immenſe Océan elle franchit la plaine.
A l'aſpect imprévu de cette Ombre Romaine ;
L'Amérique s'émeut, & ſon front attriſté
Reprend l'antique éclat de ſa noble fierté.
On dit qu'au même inſtant de la voûte éternelle,
L'auguſte Liberté deſcendit ſur Boſton,
Et, qu'embrâſant ſoudain l'âme de WASHINGTON,
Celle de Fabius ſe confondit en elle.

1 Notre Hémiſphère.

LETTRE
A MONSIEUR
LE MARQUIS DE LA FAYETTE,
Major-Général des Treize-États-Unis de l'Amérique Septentrionale.

Jeune, & digne déjà d'être offert pour exemple;
A la fière Albion tu sais faire la loi :
La couronne à la main, & volant devant toi,
La Gloire te précède, & te mène à son Temple.

MONSIEUR,

EN lisant la vie des Grands Hommes, ou en entendant raconter de belles actions, vous avez éprouvé sans doute ce que les âmes sensibles & élevées ressentent, une émotion vive & profonde, & l'enthousiasme de la Vertu. Vous avez envié la gloire des Héros, & vous avez marché sur leurs traces. Rappelez-vous, Monsieur, ces premières émotions qui ont affecté votre âme, les premières étincelles de ce feu sacré qui l'a enflammée; & vous vous expliquerez pourquoi je prends aujourd'hui la liberté de vous écrire. Il y a long-temps que vous échauffez mon cœur ; & condamné par ma naiſſance à ne pouvoir marcher ſur vos traces, je me ſuis dit : N'éprouverai-je donc jamais qu'une admiration ſtérile pour les actions héroïques, & les larmes qu'elles m'arrachent couleront-elles toujours dans le ſilence ? Alors, ne pouvant vous imiter, je conçus le deſſein de vous célébrer, & j'entrepris un Ouvrage ſur *la Véritable Gloire*. J'avois à cœur d'expliquer le ſens de ce mot, ſi mal entendu de nos jours, que vous concevez ſi bien, Monſieur, & que vos actions expliquent bien mieux que je n'aurois pu faire : auſſi étiez-vous le principal objet de cet Eſſai ; je prophétiſois alors ce que vous ſeriez un jour, & l'avenir ne m'a pas trompé. Traiter de la véritable Gloire, c'étoit m'impoſer le devoir de vous nommer, & la nature même de mon ſujet devoit néceſſairement m'entraîner à parler de vous, quand la crainte de bleſſer votre modeſtie auroit pu me faire oublier un inſtant le devoir de citer un grand modèle. Mais j'aurois bien deſiré que cette prédiction eût pu paroître avant qu'elle eût été accomplie ; elle auroit prouvé du moins que je ne ſuis pas mauvais Prophète. J'avois prévu ce que vous ſeriez, & je vous avois, pour ainſi dire, ſenti. C'eſt préciſément ce que les eſprits froids & vulgaires condamnoient en vous, qui excitoit mon admiration ; c'eſt votre marche extraordinaire ; ce ſont la nobleſſe de vos motifs & la grandeur de vos vûes qui excitoient mon enthousiasme. Ainsi s'élève le génie, me disois-je; il dédaigne les sentiers battus, & se fraye des voies inconnues : libre & indépendant, il foule les maximes d'une Politique timide & rampante; il brise les entraves qui le gênent; il dédaigne jusqu'aux modèles; & plein du sentiment de ses forces, il a la fierté de vouloir être lui, & il est quelque chose. Consumé par un feu dévorant qui ne trompe point, quoiqu'il soit souvent éprouvé, il en mourroit plutôt que de prendre un autre guide, &, semblable à la Vertu, il ne reçoit des loix que de lui-même. Je disois vrai, Monsieur, &, d'après cela, je pouvois prédire hardiment vos triomphes. Il y auroit eu peut-être aussi quelque gloire alors à prévoir ce que vous êtes, mais je ne pus la saisir : il y a bien plus de mérite sans doute à prédire les grandes actions qu'à les chanter, & quel est celui qu'il y a aujourd'hui à vous célébrer? J'aimerois autant louer Turenne. Mais, enfin, les raisons qui m'empêchèrent de publier mon Ouvrage, furent dictées par la prudence & par des obstacles invincibles. Ayant communiqué mon Manuscrit à M. le Baron de Tott [1], ce respectable Militaire me conseilla d'en chan-

1 M. le Baron de Tott, Brigadier des armées du Roi, Homme rare & modeste, & par conséquent pas assez connu. Ce n'est pas dans une note qu'on peut le peindre : il n'est pas nécessaire non plus de le faire aux yeux de ceux qui le connoissent. Mais il est toujours intéressant pour le Public que quelqu'un ose soulever un coin du voile qui cache le vrai mérite, plus occupé à jouir de lui-même dans la retraite & le silence, qu'à se produire au grand jour : ce spectacle a toujours son prix.

ger la forme & le plan. Je sentis la sagesse des conseils dont il voulut bien m'honorer, & je m'imposai le devoir de les suivre; convaincu que l'amour-propre gagne toujours à se soumettre à la raison & à la vérité, dont M. le Baron de Tott est si digne d'être l'organe; car j'aime à dire qu'il me pénétra de reconnoissance, autant par l'excellence de ses conseils, que par la politesse & la douceur qu'il mit à me les donner. Plein du desir d'en profiter, je mis de nouveau la main à la plume, & je recommençai mon Ouvrage sur la véritable Gloire, bien assuré de savoir où prendre mon modèle quand je parlerois de celle du vrai Guerrier. Mais j'ai un défaut, Monsieur; c'est que dans toutes les matières qui intéressent la Vertu, ma tête & mon cœur s'échauffent; en sorte que je vais toujours plus loin que je ne voudrois, & cette Lettre-ci en est déjà une preuve. Je tombai dans cet inconvénient; je donnai l'essor à mon âme, comme il doit arriver lorsqu'on parle de la gloire & de ceux qui la méritent, (c'est vous nommer) & je sentis ce beau sujet s'étendre sous ma plume. Je traitai même de tous les genres de Gloire, & j'allois faire un volume, lorsque des circonstances particulières m'arrêtèrent, & me forcèrent à remettre à un temps plus favorable l'exécution d'un plan qui demandoit des recherches, du travail & des veilles. J'ai vainement attendu cette heureuse époque : des difficultés sans nombre se sont élevées, qui ne m'ont point permis d'exécuter mon projet.

Mais

Mais il eſt un heureux événement qui, du haut du Trône, a répandu l'allégreſſe dans toute la France, & qui m'a engagé à m'élever au-deſſus de tous les obſtacles pour le célébrer. Peu ſatisfait des Ouvrages légers qui ont été faits pour chanter ce jour mémorable, j'ai éprouvé un vif regret en conſidérant qu'il n'a pas été célébré avec la dignité & l'élévation qui conviennent à un ſi grand objet. En conſéquence, j'ai fait un Ouvrage où j'ai eſſayé d'exécuter cette idée. Je ne me flatte pas ſans doute de l'avoir remplie avec ſuccès ; mais pendant que je célébrois un événement qui nous combloit de joie, la Victoire, en proclamant vos triomphes, eſt venue mettre le comble à notre ivreſſe. Puiſque je les avois prévus, il étoit naturel que mon âme s'enflammât à l'idée de les célébrer. C'eſt cet hommage que je rends à votre gloire, que je ſerois jaloux, Monſieur, de vous offrir avant qu'il ſoit connu du Public ; c'eſt bien le moins que celui qui me l'inſpire en ait les prémices. En conſéquence, je viens de l'extraire du Poëme où il eſt inſéré, & je prends la liberté de vous l'adreſſer. Ce Poëme a pour titre : *HOMMAGE A LA PATRIE*. Il doit donc en être un à tout ce qui lui eſt cher & l'honore comme vous, Monſieur ; il ſemble pourtant que je devrois appréhender d'alarmer votre modeſtie ; mais c'eſt préciſément l'idée que je m'en fais qui me raſſure. Il faudroit être bien peu verſé dans la théorie des Loix morales & dans la connoiſſance du cœur humain, pour ne pas ſavoir que c'eſt aux hommes vraiment modeſtes, à apprécier le plaiſir qu'éprouve une âme ſenſible à rendre hommage à la Vertu : j'en appelle à vous-même, Monſieur. Vous l'avez ſouvent éprouvé, ſans doute, ce plaiſir noble & délicat; & ſi, dans le temps où vous honoriez les Héros que vous avez pris pour modèles, quelqu'un d'entr'eux vous eût entendu, il auroit dit ſans doute : — L'âme de ce jeune Homme eſt émue, & il parle de moi avec l'accent de la vérité : ſa voix s'élève, ſon œil s'anime, & ſes éloges ſemblent n'être que l'expreſſion d'un ſentiment qui ſurabonde dans ſon cœur; c'eſt un fardeau dont il ſe ſoulage, & un beſoin qu'il ſatisfait; la force & l'onction découlent de ſa bouche, & il parle de moi comme on parle de la Gloire & de la Vertu. — Voilà, Monſieur, ce qu'auroient dit Catinat & Turenne, s'ils vous euſſent entendu parler d'eux, & ce qu'a dit ſans doute lui-même le Fabius de l'Amérique, placé à portée de vous entendre. Eh pourquoi! pourquoi vouloir étouffer les douces palpitations d'un cœur ſenſible, & que l'idée des grandes choſes enflamme? Je ne ſais, Monſieur; mais ſi vous étiez tenté de le faire, j'oſerois vous dire : Élevez vos regards, & voyez ſur un nuage la Vérité qui montre vos trophées & le tableau de vos actions. Si elle choiſit pour ſes organes ceux qui ont été les plus touchés de ce ſpectacle, ou mon cœur me trompe, ou il me dit que je ſuis digne de lui en ſervir. Et comment pourriez-vous justifier le droit de vous plaindre quand tout le monde applaudit ? Écoutez le concert de louanges qui s'élève autour de vous ; voyez ces drapeaux que vous venez déposer aux pieds de votre Roi, & que vous avez enlevés à ses ennemis ; voyez les honneurs que ce Monarque juste & sensible vous décerne ; voyez ces lauriers enlacés qu'on vous offre au temple de l'Harmonie [1], & qui sont l'image de la couronne civique que la Patrie pose sur votre front triomphant : les applaudissemens qui s'élèvent alors, & les accens du cœur qui s'y mêlent, prouvent assez que la Justice & la Vérité justifient cet hommage. Pourquoi m'empêcheriez-vous donc d'unir en leur nom ma foible voix à celle du monde entier ? Félicitez-vous, au contraire, de ce qu'il y a encore des âmes sensibles aux charmes de la Vertu ; félicitez-vous de contribuer si puissamment à en ranimer les mourantes étincelles dans le cœur des humains ; & si mes foibles accens pouvoient vous seconder dans ce grand & bel Ouvrage, ce seroit moins vous louer que tendre à une fin si glorieuse. D'après cela, j'espère, Monsieur, que votre modestie ne s'alarmera point de la publicité du Fragment que j'ai l'honneur de vous adresser, & dont j'ai cru devoir vous faire l'hommage avant le Public. Heureux si, avant que les rayons de gloire qui vous environnent déjà deviennent trop éblouissans, vous daignez me per-

---

1 L'Opéra.

mettre de vous aller offrir moi-même le tribut de l'admiration & du respect que vos ennemis même ne peuvent vous refuser, &, en particulier, celui de la reconnoissance que tout bon François vous doit pour la manière avec laquelle vous illustrez sa Patrie! C'est avec ces sentimens que j'ai l'honneur d'être,

MONSIEUR,

Votre très-humble & très-obéissant serviteur,

BAUMIER.

A Paris le 16 Février 1782.

LE TOMBEAU

DU

CHEVALIER D'ASSAS.

AVERTISSEMENT.

PENDANT qu'on imprimoit cet Ouvrage, un parent du fameux Chevalier D'ASSAS, & le mien, m'invita à honorer la mémoire d'un Héros qui avoit aussi bien mérité de sa Patrie, & dont le nom a illustré une Ville qui est le berceau de mes pères, où est la plus grande partie de ma famille, unie par divers liens à la maison de D'ASSAS, à la branche aînée de laquelle j'ai moi-même l'honneur de tenir. Je saisis cette idée avec transport, & il me parut que je ne pouvois mieux l'exécuter qu'à la suite d'un HOMMAGE A LA PATRIE. Mais l'action du Chevalier D'ASSAS est si grande, elle dit tant par elle-même, que je ne savois quel intérêt lui donner de plus que celui qu'elle porte avec elle. Cependant, me dis-je, si le devoir d'un Homme de Lettres est de promulguer les grandes leçons, il ne l'est pas moins d'honorer les grands exemples; & que célébrerons-nous donc, si ce ne sont pas des traits d'héroïsme semblables à celui du Curtius Français? Je n'avois pas besoin de me pénétrer de la grandeur de cette action: quelle ame ne faudroit-il pas avoir pour n'en pas sentir toute la sublimité? Ce n'étoit que la manière de l'honorer dignement, qui m'embarrassoit. Quels honneurs peut-on décerner, en effet, à celui qui les évite tous par une action qui lui coûte la vie? La terre s'entr'ouvre au milieu de

Rome ; l'Oracle consulté répond que l'abîme ne se fermera que lorsque la République y aura jeté ce qu'elle a de plus précieux. Un jeune Chevalier Romain entend cet arrêt ; il pense que Rome ne sauroit rien avoir de plus précieux que les armes & le courage, & il conçoit un projet sublime. Il va prendre ses armes ; il s'équipe & monte à cheval comme un homme prêt à marcher au combat. Il dirige son coursier vers le lieu qui attend une victime, pique de l'éperon, & s'élance au milieu du gouffre, qui soudain se referme sur lui : telle est l'action de Curtius. O Rome ! aux beaux jours de ta splendeur & de ta gloire, qu'aurois-tu eu d'assez grand pour honorer cette action, si elle ne portoit pas avec elle le caractère le plus frappant de l'absurdité & de la fable !

Mais il en est une qui n'est pas moins sublime que celle-là, par la générosité du sacrifice, & qui n'offre d'autre prodige qu'elle-même : c'est celle d'un Chevalier François. Celle-ci a le caractère le plus essentiel, c'est-à-dire, celui de la vérité ; elle est de notre temps, & ses témoins oculaires existent encore. Son authenticité est donc reconnue ; là, il n'y a ni incertitude, ni doute, ni nuage, & cette action héroïque est aussi pure que grande & sublime. A MOI, AUVERGNE ! au moment où cent bayonnettes menacent le Chevalier D'ASSAS de lui percer le sein s'il prononce un seul mot, est l'élan d'une grande ame & le cri de l'héroïsme : il tombe mort, mais l'armée est sauvée ! Quels honneurs, quels hommages peut décerner la

Patrie à un Héros qui ; en se dévouant pour elle, ne lui laisse pas même l'espoir de la reconnoissance ! Le Citoyen admire, incline un front respectueux, & arrose de ses larmes la tombe d'un Héros dont il craint même d'alarmer les mânes par des éloges dont il n'a pas besoin. Hélas! que faire, me disois-je? Je vais pourtant donner un HOMMAGE A LA PATRIE. O que le nom de D'ASSAS seroit bien propre à couronner un tel Ouvrage ! Malgré cela, je flottois encore dans l'incertitude, lorsque l'idée me vint d'aller au Concert spirituel. Arrivé dans ce Temple d'une Harmonie sainte, au premier coup d'archet je me sens ému ; je me recueille ; & pendant que les chants augustes de la Religion retentissent sous les parvis des Palais de nos Rois, pendant qu'ils émeuvent & élèvent mon ame, je me livre en moi-même à des chants d'un autre genre, à ceux qu'inspirent l'enthousiasme des grandes actions. Ainsi, je composais autrefois les premiers vers du Poëme précédent, en voyant représenter Œdipe chez Admette. Je conservai dans mon sein le feu que la Musique y avoit porté : je revins chez moi, & je mis sur le papier les vers que j'avois faits de mémoire au Concert spirituel. Bientôt le sommeil m'accabla ; je me couchai, & le repos de la nuit ne détruisit pas dans mon cœur l'émotion que j'avois éprouvée la veille. Je me levai de bon matin ; je jetai les yeux sur les vers que j'avois faits le soir, & ils devinrent en moi la première étincelle d'un grand incendie. Mon ame éprouva un embrâſement général, mes membres tremblèrent, les pleurs inondèrent mon viſage, & jamais mon ſein n'a éprouvé des émotions ſi vives ni ſi profondes; des ſoupirs preſſés en ſortoient, & mon ame ſembloit vouloir s'exhaler avec eux. Le dirai-je enfin? il fut un inſtant où je crus éprouver tout le délire de l'enthouſiaſme poétique; un feu divin ſembloit me conſumer, & je me crus tranſporté ſur les trépieds du Temple de Delphes. Pendant cet accès de verve, les vers ſembloient s'exhaler de mon ſein palpitant, &, d'un ſeul jet, je fis la plus grande partie de ce Poëme. Je me vis obligé, à regret, de quitter mon travail; mais la flamme qui m'avoit animé ne s'éteignit pas encore, & elle ne me laiſſa en repos que lorſque l'Ouvrage fut fini. Il ne tarda pas à l'être, & je le donne ici tel qu'il eſt ſorti de ma tête, ou plutôt de mon cœur.

Je ne ſais pas ſi ces aveux naïfs ne ſeront point pris pour de l'amour-propre; mais s'ils peuvent faire naître des réflexions utiles dans l'eſprit du Poëte, de l'Orateur, du Philoſophe & de l'Artiſte même, je me conſolerai aiſément du reproche de trop de candeur. O, qu'une telle franchiſe ſeroit pourtant propre à dévoiler l'âme de ceux qui ſe conſacrent aux Sciences & aux Arts, & à favoriſer les progrès de ceux-ci, ſi tout le monde vouloit la mettre en uſage!

D'après l'impreſſion qu'avoit faite ſur moi la compoſition de cet Ouvrage, il m'étoit venu dans l'eſprit de l'intituler *Dythirambe*, ou *Poëme Pindarique*;

mais l'étymologie du premier mot n'étant pas bien connue, & sa signification n'étant pas assez précise, je n'ai pas voulu mettre à la tête d'un Ouvrage un titre vague & d'un sens indéterminé. D'ailleurs, l'acception qu'on donne au mot *Dythirambe*, d'après les premiers objets auxquels on le consacroit dans son origine, ne m'a point paru assez décente pour caractériser une Pièce de Poésie où je célèbre une belle action. Quant au second titre, il m'a semblé qu'il disoit trop pour pouvoir me flatter de tenir ce qu'il promet; & s'il est permis de s'assimiler aux grands Poëtes, ce ne peut être que pendant la chaleur de la composition, & non pas au titre réfléchi d'un Ouvrage.

Je serois bien fâché pourtant que la sorte d'ingénuité avec laquelle j'ai parlé de l'émotion vive & profonde que j'ai éprouvée en composant ce Poëme, fit trop attendre de moi; car autre chose est d'avoir l'ame émue, & d'émouvoir celle d'autrui. D'ailleurs, personne ne sait mieux que moi combien le délire de l'enthousiasme peut nous entraîner dans des écarts, & nous aveugler sur les défauts d'un Ouvrage, sur-tout lorsqu'on le corrige aussi peu que j'ai fait celui-ci; car j'avouerai encore que je n'ai fait qu'un seul brouillon, & que je n'ai jamais si bien senti le peu de justesse de ce précepte de Boileau:

« Cent fois sur le métier remettez votre Ouvrage. »

Art. Poét.

Cette maxime ne me semble bonne que pour les

ames froides, pour les Beaux-esprits à prétention, plus jaloux de briller que d'émouvoir, & d'arranger des mots, que de dire des choses. Mais je parierois tout au monde que Pindare ne l'a jamais suivie, & qu'il aimoit mieux refaire que corriger. Il n'étoit pas homme à être si patient; il étoit ému, & quiconque travaille d'inspiration est abondant; il brise les mesures, les compas, s'élance au-delà des bornes prescrites, & fait aussi peu de cas des préceptes que des Précepteurs, bien convaincu que les chef-d'œuvres de l'Art en ont toujours précédé les règles, & que le génie ne s'enseigne pas. Il me semble que quand la matière d'un Ouvrage n'intéresse pas par elle-même, on ne devroit pas entreprendre de la traiter, parce que le premier intérêt naît toujours du sujet, & que tout autre lui est relatif. Dans le choix d'un sujet, je desirerois donc de deux choses l'une, ou qu'il charmât l'imagination par l'attrait de la grâce, ou qu'il échauffât l'ame par un intérêt puissant. Ces deux avantages se sont trouvés réunis dans la naissance d'un Dauphin. Voilà pourquoi j'ai saisi ce sujet avec empressement, sans me flatter pourtant de l'avoir traité avec le double intérêt qu'il inspire.

Je sais combien il est dangereux de lutter contre un grand Maître, & sur-tout d'un mérite aussi reconnu que celui de Boileau; mais si l'amour de la vérité doit l'emporter sur le respect dû aux grands noms, je ne dois pas balancer à dire franchement ce que je pense d'un des vers le plus admirés de ce grand Maître, & qui eſt cité par-tout comme un vers technique. J'avouerai même que je ne l'ai jamais lu qu'avec répugnance, & que mon cœur l'a toujours repouſſé. Le voici. Boileau dit, en parlant de l'Ode :

» Chez elle un beau déſordre eſt un effet de l'Art. »

Art. Poét.

Le dirai-je? Ce vers me paroît bien plutôt celui d'un froid Artiſte que d'un homme inſpiré. De l'art! Eh quoi! toujours de l'art juſques dans le déſordre même? Et où trouvera-t-on donc le naturel? O Nature! ta voix ſublime & ſainte ne ſe fait donc jamais entendre à ces hommes artificiels? Comment, en débitant de pareilles maximes, ne tremble-t-on pas de préjudicier autant aux droits du ſentiment qu'à ceux de la vertu? Ne faut il pas de l'art auſſi pour être ſenſible & vertueux? Malheur à celui à qui ſon cœur ne dit pas tout ſur cette matière! Il n'aura jamais un ſentiment ni un principe à lui; être artificiel & factice, il n'aura qu'une opinion & une vertu d'emprunt, & dans le moment où il ſe croira le mieux ordonnè, il ſera le jouet des préjugés, de l'intrigue & de l'impoſture. Malheur à l'Écrivain qui, enchaîné ſous l'empire de l'art, n'a ni fierté, ni indépendance, ni élévation! Il écrira, mais ſa plume ſera morte comme ſon cœur. Il mettra de l'art juſques dans le déſordre, & il ſera extravagant ou ridicule. Il pourra toucher quelques femmelettes qui pleurent auſſi facilement qu'elles rient, & qui ſont incapables d'un ſentiment profond & durable; mais il n'arrachera point de larmes aux ames fortes, & moins encore aux hommes éclairés, qui, s'appercevant aiſément du preſtige, ne feront qu'en rire. Le déſordre, le vrai déſordre ne ſauroit donc être l'effet de l'art : il n'eſt beau qu'autant qu'il touche, & il n'eſt touchant qu'autant qu'il peint un cœur vivement pénétré. Que de larmes un Écrivain ſenſible n'a-t-il pas verſées dans le ſilence avant d'en faire répandre à ſes Lecteurs! Au premier apperçu de ſon Ouvrage, il eſt ému; aux premiers traits qu'il trace, ſes larmes coulent, & que de nuances, que de traits effacés & perdus pour le Lecteur, qui lui coûtent des torrens de pleurs! Boileau ignoroit cela, car il n'a jamais rien écrit de vraiment touchant en ſa vie. Il devoit rire en écrivant: c'étoit ſon genre; mais ce n'eſt pas en riant qu'on fait des Odes, je parle de celles où l'on ne peint que de grandes choſes ou de grands ſentimens, & dont la vertu peut s'applaudir. Auſſi, lorſque Boileau a voulu faire une Ode artificielle, eſt-il tombé à plat; Boileau pourtant, doué de la connoiſſance la plus profonde de l'art, & avec tout l'attirail des règles & des préceptes qu'il avoit débités lui-même! Qu'il eſt petit lorſqu'il veut s'animer du feu pindarique! Et quelle plaiſante pantomime n'auroit-il pas offert à un homme cenſé, au moment où il compoſoit cette Ode glaciale! Il me ſemble voir Dugazon jouant les rôles de Lekain; il ſe guinde, il ſe bourſouffle, mais il fait toujours rire. Ainſi, Boileau ſe démène pour s'enflammer du feu sacré de l'enthousiasme, & il n'en peut venir à bout. On voit qu'il se bat les flancs, qu'il s'échauffe la tête, mais que le cœur reste tranquille, en sorte qu'il ne dit que des extravagances. Pour faire des Odes, des Dythirambes, des Hymnes, il faut être ému, inspiré comme l'étoient Pindare, David, J. B. Rousseau, & l'on sait que la sensibilité n'étoit pas la qualité dominante de Boileau. Qu'on ne s'imagine pourtant pas que je veuille lui faire ici un procès injuste; je serois bien fâché de l'imiter à cet égard [1], & je me croirois bien mal né pour la Poésie, si je ne savois pas l'admirer; mais il a son genre, & ce n'est pas celui du sentiment. Cependant, ceux qui lui refusent la qualité de Poëte, pour ne lui donner que celle de Versificateur, me semblent bien peu scrupuleux à compromettre leur jugement. L'Auteur d'un Ouvrage qui a fait un certain bruit dans son temps [2], n'a pas craint d'avancer cette proposition; il est vrai qu'il n'est pas le seul qui l'ait débitée. Un Médecin qui cultive à la fois les faveurs d'Escu-lape & celles d'Apollon, me l'a soutenue à moi-même avec une énergie digne d'attention pour un

---

1 Boileau a été injuste envers le Tasse, Quinault, & peut-être aussi envers le grand Corneille lui-même, lorsqu'en rendant justice à son mérite, il l'accuse pourtant de n'avoir jamais su distinguer Lucain d'avec Virgile.

2 L'an 2440.

homme curieux de voir jusqu'à quel point on peut porter le délire de l'ignorance. Si ce Docteur fourré ne se connoît pas mieux en malades qu'en Poëtes, il doit être un des plus grands assassins qu'il y ait en Europe. Mais tous ses Confrères ne lui ressemblent pas; car je me rappelle que, jeune encore, & imbu de la lecture de l'Ouvrage déjà cité, j'avançai la même erreur devant le fameux M. Tissot. Celui-ci se contenta de me lancer un coup-d'œil qui me pétrifia; je m'en suis toujours rappelé, & je me suis dit depuis : c'étoit le regard d'un homme de goût indigné. Voilà comment, en avançant de pareilles sottises, on n'inspire aux gens éclairés que l'indignation ou la pitié.

Mais il est temps de venir au-devant d'un reproche que, peut-être, on pourroit me faire à moi-même relativement aux règles & aux préceptes, c'est qu'en les blâmant, j'en donne moi-même. Cela est vrai, mais ce ne sont pas ceux de l'art, ce sont ceux de la nature & de la vérité : voilà pourquoi ils sont si peu connus. Si on les suivoit en Littérature, en Morale & en Politique, on ne verroit pas tant d'Ouvrages futiles, obscènes ou dangereux; on verroit moins de ridicules, de bassesses, plus de sens & de dignité.

Il est temps enfin d'en venir au Chevalier D'ASSAS, & à l'Ouvrage que j'ai fait pour célébrer sa gloire. J'ignore si j'ai élevé mes chants jusqu'à elle, mais je n'ai pu faire plus d'efforts pour y atteindre; c'est au Public à juger si j'y ai réussi. On ne pourra du

moins

moins refuser à mon Poëme le mérite d'être l'épanchement d'une ame profondément émue : si le sentiment peut faire excuser les défauts d'un Ouvrage, je crois avoir quelque titre à l'indulgence publique ; & s'il étoit le plus bel hommage qu'on pût rendre à la Vertu, je ne croirois pas être en arrière, même avec D'ASSAS.

Il seroit trop injuste de passer sous silence la reconnoissance dûe au Ministre [1] qui a tiré l'action du Chevalier D'ASSAS de l'oubli profond où elle étoit plongée, pour ne pas la lui témoigner ici au nom de la Patrie & de tous ceux qui s'intéressent à la mémoire du Décius François [2]. Il est beau d'arracher aux ténèbres de l'obscurité une action si digne d'être connue, & c'est autant s'honorer soi-même, que servir son Pays, que de mettre sous les yeux de ses Défenseurs l'exemple d'un héroïsme qu'ils sont faits pour imiter. Ils prouvent, en effet, tous les jours que le courage de D'ASSAS ne l'a pas suivi dans la tombe. Quelle reconnoissance ne devons-nous donc pas au Prince qui a fait ressortir ce trait de vertu sublime dans tout son jour, ainsi qu'au jeune Monarque qui récompense & honore les belles actions avec le même zèle qu'il les exerce ! Le Roi ne pouvant ranimer les cendres de D'ASSAS, pour le rendre l'objet de ses récompenses, les a répandues sur sa famille ; & l'on peut dire, à la gloire de ce Titus

1 M. le Prince de Montbarrey.

2 On sait que Décius se dévoua aussi pour sa Patrie.

moderne, qu'il ne s'eſt pas fait un grand trait de vertu ſous ſon Règne qui n'ait trouvé ſa récompenſe, depuis ſes Généraux d'Armée, juſqu'au ſimple Matelot de Dieppe & au Batelier du Rhône, & le premier s'eſt entendu appeler un *brave homme* de la bouche même de ſon Roi.

Lorſqu'on excite ainſi l'émulation générale du bien, il ne peut que s'opérer une révolution ſalutaire dans la vertu d'un Peuple. Ce grand & bel Ouvrage eſt le plus digne d'illuſtrer le règne d'un vertueux Monarque. Puiſſe-t-il faire la ſuprême gloire du nôtre! & puiſſe Louis XVI, en Père vertueux, ne ſe voir jamais environné que d'enfans qui lui reſſemblent!

LE TOMBEAU

DU

CHEVALIER D'ASSAS.

A tous les cœurs bien nés que la Patrie est chère !
Voltaire, Tanc. Trag.

Comme il y a une sorte d'action dans ce Poëme, je suppose que la scène se passe au champ de Mars, devant l'École Militaire, ou devant l'Hôtel des Invalides à Paris, parce que dans le cas où la Patrie se décideroit à ériger un Monument à la gloire de d'ASSAS, il me semble que le lieu où il conviendroit le mieux de le placer, seroit l'un des deux que je désigne.

VENEZ, Enfans de la Victoire,
Venez au son du cor, du fifre & du tambour,
Sur le Tombeau d'ASSAS incliner en ce jour
Les armes de l'honneur, les drapeaux de la gloire.

De vos fronts triomphans détachez vos lauriers,
Jetez ſur ce tombeau leur glorieux feuillage.
Que ce ſigne éloquent & ces honneurs guerriers
Aux mânes de d'ASSAS expriment votre hommage.

Jeunes Elèves du Dieu Mars [1],
O vous qui de la gloire enviant la couronne,
Voulez l'aller chercher au milieu des haſards,
Et qui fixez déjà les regards de Bellone;
Émules des Héros, ſur ce ſaint monument
Venez jeter des fleurs au nom de la Patrie :
Approchez, & voyez comme on peut dignement
Lui dévouer ſes travaux & ſa vie.

Et vous, que l'Ennemi voit ſouvent les premiers,
Intrépides Soldats, valeureux Grenadiers,
De vos cœurs martials banniſſant les alarmes,
Sur ce marbre éguiſez vos redoutables armes;
Allez, enſuite, allez ſur les pas de CRILLON,
Faire tomber les murs de la fière Albion.

O vieux Guerriers qu'honore la Patrie [2] !
Qui joignez bien ſouvent à l'âme des Héros
Des actions dignes de leur envie,
Et qui ſur vos lauriers dans un noble repos
Coulez les derniers jours d'une honorable vie;
Vétérans mutilés, vénérables Vieillards,
Lorſque vos cheveux blancs s'offrent à nos regards,

1 L'École Militaire. 2 Les Invalides. Voyez un morceau touchant ſur les Invalides, dans les Confeſſions de J. J. Rouſſeau, T. II. art. Rêveries, IX Promenade, p. 288, juſqu'à la p. 293.

Quel Citoyen ingrat n'a pas l'âme attendrie ?
Prenez de vos habits l'honorable ornement,
Ranimez-vous encore au nom de la Patrie,
Rangés en chef de file, & d'un pas imposant,
Les armes sur l'épaule & le tambour battant,
Aux foudres redoublés de votre artillerie,
Sortez en corps en ce moment
De cet auguste Temple où d'ESPAGNAC préside,
Que vos pieds chancelans sur les pas d'un tel guide
Vous portent aujourd'hui vers ce saint Monument.
Que vos drapeaux criblés aux champs de la Victoire
Fassent flotter ici leurs lambeaux glorieux ;
Que votre illustre Chef d'un front majestueux
Vienne de mon Héros honorer la mémoire.
Lui-même mérita ces honneurs précieux,
Et je vois sur son sein les marques de sa gloire.
Pour embrâser le cœur de nos jeunes Guerriers,
Que vos tremblantes mains leur montrent vos lauriers ;
Montrez-leur de vos corps les nobles cicatrices,
Et que volant bientôt sous de pareils auspices,
Ils aillent mériter de combat en combat
La gloire dont se couvre un soutien de l'État.

Berceau du grand d'ASSAS où nâquit ma Famille,
O Cité du Vigan [1] ! sur tes rocs sourcilleux,
Lève ton front majestueux,

---

1 Le Vigan est une Ville située dans les Cévennes, dans le haut Languedoc, où il y a beaucoup d'ancienne Noblesse, qui s'est

Le Languedoc eſt fier de t'avoir pour ſa fille.
Treſſaille en ce moment, & ſois fière à ton tour
A l'immortelle d'ASSAS d'avoir donné le jour.
Prens avec toi tes plus proches compagnes,
Enſemble deſcendez du haut de vos montagnes,
Amenez avec vous vos illuſtres Enfans [1];
D'un pied léger volez de plaine en plaine;
Apportez vos tributs ſur les bords de la Seine,
Et venez contempler des plus beaux monumens,
Celui dont le tableau doit mieux toucher votre âme.
Ombre du grand d'ASSAS, qu'une céleſte flamme
Dans la nuit du tombeau te ranime à ton tour:
A l'aſpect du Vigan ſoupire encor d'amour,

---

toujours conſacrée au ſervice de ſes Rois. Le fameux Chevalier d'ASSAS y a reçu le jour, & ſa Famille y eſt établie, ainſi que le plus grand nombre de la mienne. J'ai déjà dit que j'ai l'honneur de tenir moi-même à la branche aînée de la famille d'ASSAS, dont le Chef eſt ancien Capitaine de Cavalerie, & décoré de l'Ordre de S. Louis; ſes deux Cadets portent également les armes. Le Vigan a produit des hommes qui ont occupé des places éminentes dans l'État. Le Père de feu M. de Moras, Contrôleur-Général, & Miniſtre de la Marine en 1757, étoit du Vigan. Son Épouſe & Madame la Comteſſe de M*** ſa Sœur exiſtent encore. L'Épouſe de feu M. le Comte de B***, Lieutenant-Général, étoit auſſi de la même Famille. Meſdames ſes Filles ſont mariées à divers Officiers Généraux qui ſont pleins de vie, & j'ai également l'honneur de tenir par le ſang à toutes ces perſonnes. Mais!....

1 Alluſion à l'ancienne Nobleſſe du Vigan.

Tel qu'un fils vertueux treſſaille de tendreſſe
Lorſque ſa mère auprès de lui s'empreſſe
De ſe féliciter de l'avoir mis au jour.
Mais quel ſaint mouvement & m'agite & me preſſe?....
Ciel! quel rayon divin vient luire en mon eſprit?....
A mes yeux enflammés quel éclat reſplendit?....
Des Bardes inſpirés, d'Homère & de Pindare,
Je ſens en moi brûler le feu divin;
Un délire ſacré de mon âme s'empare,
Apollon tout entier habite dans mon ſein....
Arrête ce déſordre.... ô Dieu de l'Harmonie!
Détourne les rayons de ton feu dévorant.
Sur tes Trépieds ſacrés je crois en cet inſtant
Me ſentir conſumé des feux de ton génie.
Dans mon ame embrâſée ils coulent par torrent.
Sous ton pouvoir divin j'expire.... je ſuccombe....
Mes genoux affoiblis ſous mon corps tout tremblant,
Cèdent au froid mortel de mon cœur défaillant;
Et noyé dans mes pleurs, je chancelle.... je tombe....
Je ne ſuis plus! .... Je meurs d'excès de ſentiment....
Où ſuis-je? .... Sous mes pas un ſecret tremblement
Fait émouvoir la terre, & du ſein de la tombe,
L'ame du grand D'ASSAS s'élève en ce moment,
Se jette ſur mon ſein.... Dans mon cœur palpitant
Elle porte les traits de la flamme immortelle
Qui la brûla jadis, qui brille encore en elle.
O céleſtes tranſports! .... élans délicieux! ....
O mon Concitoyen! ô Héros magnanime!

Élève moi ſur ton aîle ſublime,
Et planons embraſſés ſous la voûte des Cieux.
Des Dieux & des Héros, demeures immortelles;
Ouvrez-vous à l'aſpect de notre Décius [1],
Si votre Sanctuaire eſt celui des Vertus,
Un Martyr de l'État y vole ſur leurs aîles;
Ou plutôt en ce jour, de l'aſyle éternel,
Deſcendez un inſtant ſur les bords de la Seine;
Le zèle des François aujourd'hui les amène
Sur ces bords fortunés élever un Autel.

O modération, viens calmer mon délire;
Que mon ſein moins ému plus librement reſpire;
Viens détourner les traits d'un feu trop devorant.
Qu'un rayon plus ſerein dans mon cœur vienne luire,
Et me faſſe éviter un déſordre trop grand.
Mais toutefois du Dieu qui nous inſpire,
Faut-il, hélas! méconnoître l'empire,
Quand c'eſt le Dieu du ſentiment?
Non ſans doute, & le cœur à ſon aſpect ſoupire
Ah! cédons-lui toujours, même en nous modérant!

O vous donc qui venez honorer la mémoire
De notre illuſtre Décius,
Autour de ſon tombeau conſacrez à ſa gloire
Un monument digne de ſes vertus.
Que flottans dans les airs des drapeaux ſuſpendus,

---

1 On ſait, comme je l'ai déjà dit, que Décius ſe dévoua auſſi pour ſa Patrie.

Des casques, des canons, des lances, des épées,
En l'honneur de D'ASSAS élevés en trophées,
Fassent revivre encor un Héros qui n'est plus.

Soleil, pour éclairer dignement cet hommage,
Sur ton trône de feu luis d'un éclat plus pur,
Et que ton char roulant sous des voûtes d'azur,
Dissipe devant lui tout importun nuage.
Dans vos antres glacés, volez, froids Aquilons.
Viens, paisible Zéphir, ô tendre amant de Flore!
A peine le Bélier d'un pas lent mène encore
La plus riante des saisons;
Dissipe les frimats, fais fondre les glaçons;
Que de riantes fleurs la terre se colore;
C'est le plus doux éclat dont elle se décore.
Cette aimable saison est celle de l'amour.
La Fauvette déjà se plaint dans le bocage,
Le Printemps ne vient pas reverdir le feuillage,
Et Longchamps [1] a gémi de son tardif retour.
Reviens donc, ô Printemps! réchauffer la nature;
Viens l'embellir encor de ses anciens appas,
Redonne-lui sa robe de verdure,
Approche de la tombe où repose D'ASSAS,
Décore-la de tes fleurs les plus belles,
A ses côtés fais briller sous tes pas
Les calices dorés des nobles immortelles.

---

1 Promenade aux environs de Paris, très-fréquentée pendant les jours de Ténèbres.

Hâte donc ton retour, ô divine Saison!
Fais que bientôt les eaux, par ton souffle échauffées,
Coulent plus librement sur l'émail du gazon;
Fais fondre le cristal de leurs ondes glacées,
Et délivre leurs flots de leur triste prison.
Naïades de la Seine, ô brillantes Napées!
En jets majestueux faites voler vos eaux....
Mais en vit-on jamais autour des mausolées?....
Si la Vertu préside où repose un Héros,
On doit toujours en bannir la tristesse.
La mort n'a rien d'affreux aux yeux de la sagesse,
Le juste va par elle à la fin de ses maux.
Sur les bords du tombeau l'ame se vivifie;
Les portes du trépas sont celles de la vie.
Sur le sort de D'ASSAS gardez-vous de gémir,
O vous tous qui venez honorer sa mémoire!
Quelle raison a-t-on de pousser un soupir
Quand un Héros repose au milieu de sa gloire?
Mais, cependant, me direz-vous,
Quoi! vous blâmez les pleurs que répand un cœur tendre!
Bien loin de les blâmer, ah! venez-en répandre,
Et rendez à D'ASSAS un hommage si doux.
Mais il est des pleurs saints qu'on verse sans alarmes,
Ce sont ceux qu'on répand à l'aspect des Vertus.
Sur le tombeau de notre Décius,
De ces pleurs généreux venez goûter les charmes.
Venez verser sur ce saint monument
De l'admiration les larmes éloquentes;

Si, des honneurs qu'à la Vertu l'on rend,
Il eſt pour les grands cœurs quelques preuves touchantes,
Ce ſont toujours celles du ſentiment.
Pour l'honneur de l'État, élevé dans les armes,
Le vrai Guerrier conſerve dans ſon ſein
Ce don ſacré du Ciel, ce feu pur & divin,
Qui brûle dans nos cœurs & fait couler nos larmes;
S'attendrir au tableau des belles actions
De l'héroïſme eſt la première marque:
Aux remparts de Paris, au ſein des factions,
Voyez Henri, voyez cet illuſtre Monarque
Laiſſer couler des pleurs de ſes yeux attendris,
Lui-même eſt le premier à pleurer ſur Paris [1],
Et plus qu'un Peuple ingrat à la Vertu fidèle,
Il nourrit de ſes mains une Ville rébelle.
Ainſi, le ſentiment embrâſe les Héros;
Dans le ſein des combats les mène à la victoire;
De ces mêmes combats fait adoucir les maux,
Le ſentiment les élève à la gloire.
C'eſt lui qui t'enflammoit, ô Guerrier généreux!
Lorſque la mort, ſur ton ſein ſuſpendue,
N'offroit que ſon image ou l'opprobre à ta vûe,
Ton devoir ſeul vint s'offrir à tes yeux.

---

1 Je ne me diſſimule pas le défaut qu'il y a ici. Henri IV ne pleura pas d'admiration devant Paris, il pleura de douleur; mais que ſon action eſt admirable! & puis, comment ôter le nom de Henri IV en célébrant une grande action, & en rendant hommage à la Patrie?

Ton ame en cet inſtant ne fut pas alarmée;
Et bien loin de trembler à l'aſpect de la mort,
Tu t'écrias ſoudain, O généreux effort!
AUVERGNE, A MOI!... JE MEURS... Mais je ſauve l'armée...
Ainſi, ſans réfléchir, l'inſtinct de la Vertu
Enflamme les grands cœurs, les tranſporte vers elle:
Le péril diſparoît ſans l'avoir combattu,
Et l'on meurt à l'État, à la gloire fidèlle.
O glorieux martyre! ô pur dévouement!
O mot ſublime! ô cri du ſentiment!
A cet élan de l'ame, éveille-toi, Patrie!
Entends au fond du cœur une voix qui te crie
D'élever à D'ASSAS un digne monument.
Je viens de t'en tracer en ce moment l'image.
Réaliſe à nos yeux ces nobles fictions;
En immortaliſant les grandes actions,
Toi-même tu te rends l'objet de ton hommage.
Qui le mérita mieux que notre Curtius?
Un monument digne de ſes vertus
Ne peut qu'aider à les faire renaître.
Mais, où ſuis-je? ... Déjà je crois le voir paroître....
Quel prodige, grands Dieux! .... Un immortel laurier
S'élève ſur ſa tombe, étend ſon beau feuillage,
Et devient de ſa gloire & le ſigne & le gage.
Sous ſon ombre je vois, ô ſublime Guerrier!
S'élever tout-à-coup ton héroïque image,
Qui ſemble reſpirer ton ame, ton courage,
Et par l'effet divin d'un pouvoir immortel,

Ta tombe, en s'écroulant, se transforme en Autel.
O mânes d'un Héros à qui le sang me lie,
Sur cet Autel sacré qui s'élève à mes yeux,
J'incline avec respect un front religieux,
Et dépose en ce jour L'HOMMAGE A LA PATRIE!
En t'honorant j'en exauce les vœux.
O toi, son Défenseur, son martyr généreux,
Qui, sans aucun espoir que de mourir pour elle,
Méritas par ta mort une gloire immortelle!
Ame du Grand D'ASSAS, daigne du haut des Cieux
Avec bonté sourire à mon hommage,
T'immoler pour ton Roi fut ton sort glorieux;
A ta Patrie, à tes neveux,
Tu ne pouvois laisser un plus bel héritage.

MONUMENT PATRIOTIQUE.

JE ne crois point m'écarter du titre général de cet Ouvrage, en propoſant à ma Patrie un projet digne de l'honorer, & je penſe que c'eſt continuer l'hommage que je lui rends, que de l'inviter à ériger à la mémoire du Chevalier D'ASSAS, un Monument qui éterniſe parmi nous la plus grande & ſublime action dont aucun François ait peut-être jamais donné l'exemple. Ce Monument ſeroit bien digne du règne d'un Monarque dont l'hiſtoire ſera celle de la Vertu ſur le Trône. On peut déjà dire de lui que, non-ſeulement il en donne l'exemple, mais qu'il ne laiſſe échapper aucune occaſion de l'honorer : on ajouteroit encore qu'il en éterniſe la mémoire par les Trophées qu'il lui élève, & qui deviennent les ſiens. O quel beau ſpectacle ne ſeroit-ce pas à offrir à un Peuple qu'un Monument en l'honneur du Patriotiſme & de la Vertu! Si l'on ne peut point contempler la Statue de Henri IV ſans attendriſſement, quel François pourroit jeter les yeux ſur celle du Chevalier D'ASSAS ſans émotion! Je crois donc répondre au vœu général de mes Concitoyens, en propoſant au Gouvernement d'élever le Monument Patriotique dont je parle. Qu'on n'appréhende pas la dépenſe pour cela. Il n'y auroit rien de plus facile que d'y pourvoir, ſi SA MAJESTÉ daignoit m'honorer de la commiſſion glorieuſe de propoſer par ſouſcription un tel projet. Tout-ce qu'il y a d'illuſtre dans le Militaire & de bons Citoyens en France ſeroit jaloux ſans doute de contribuer à élever un Monument ſi propre à honorer leur Patrie, & où l'étranger viendroit voir avec attendriſſement & admiration un des plus beaux titres de notre gloire. Si un projet n'avoit beſoin, pour être agréé, que de n'entraîner aucun inconvénient, & d'offrir le germe de mille biens patriotiques & moraux, jamais aucun ſans doute ne mérita mieux d'être adopté que celui-ci. Sous quelque point de vûe qu'on le conſidère, il ne préſente qu'un aſpect auſſi intéreſſant que glorieux, & il eſt de nature à ſourire au jeune Monarque que l'idée des grandes choſes enflamme. Du ſein de l'obſcurité dans laquelle je vis, je pourrois me flatter du moins de n'avoir pas vécu en vain pour ma Patrie, ſi mes foibles efforts pouvoient contribuer en quelque choſe à faire ériger un Monument qui en ſeroit un pour ſa gloire. Il ne me ſeroit pas défendu ſans doute alors d'être touché de celle que j'y trouverois moi-même: en eſt-il de plus douce pour un cœur ſenſible & citoyen?

FIN.

www.ingramcontent.com/pod-product-compliance
Ingram Content Group UK Ltd.
Pitfield, Milton Keynes, MK11 3LW, UK
UKHW021226230726
13926UKWH00003B/1258

9 782014 069693